# La Joie de Dakota

## Héros à louer, tome 9

## Dale Mayer

*La Joie de Dakota, Héros à louer, tome 9*
Beverly Dale Mayer
Valley Publishing Ltd.

Copyright © 2017

Traduit de l'anglais par Maya et Valentin Translation

Tous droits réservés. La reproduction ou l'utilisation de cet ouvrage, en tout ou en partie, par quelque moyen que ce soit, électronique, mécanique ou autre, existant ou à venir, y compris la photographie, la photocopie, et la conservation dans tout système de stockage ou de récupération de l'information, sont interdites sans l'autorisation écrite de l'éditeur à l'exception d'une citation dans le cadre d'une critique.

Il s'agit d'une œuvre de fiction. Les noms, les personnages, les lieux, les marques, les médias et les incidents mentionnés sont le produit de l'imagination de l'auteur ou utilisés de manière fictive. Toute ressemblance avec des événements, des lieux ou des personnes, existant ou ayant existé, est entièrement fortuite.

ISBN-13 : 978-1-778865-87-9
Format Print

# Résumé

Se remettre de la perte de son mari n'a pas été facile pour Bailey, et à présent, sa vie consiste à aller au travail et à revenir… jusqu'à ce qu'un matin, elle entre sur son lieu de travail et soit témoin d'un meurtre.

Terrifiée à l'idée d'être la prochaine victime, elle s'enfuit dans la circulation et manque d'être écrasée. Ce qui aurait pu être sa mort réveille au contraire l'étincelle de vie qui sommeille en elle. Tout aussi ironiquement, l'homme qui conduit la voiture qui a failli la renverser réveille une autre douleur qu'elle croyait disparue à jamais avec son mari.

Dakota la persuade d'emménager dans le complexe où il est employé, Legendary Security, pour sa propre sécurité. Avec sa promesse de retrouver le meurtrier dont elle a été témoin, Bailey n'a pas d'autre choix que d'accepter son aide. Très vite, ce n'est plus sa vie qu'elle craint de perdre. Le gars qui a failli la bousculer va-t-il voler son cœur ?

Inscrivez-vous ici pour être informés de toutes les nouveautés de Dale !
https://geni.us/DaleNews

# Chapitre 1

DAKOTA LANGUOR TRAVERSAIT le carrefour au volant de son camion. Sa liste de choses à faire ce jour-là était particulièrement longue. C'était souvent lui qui se rendait en ville, même si cela dépendait aussi des personnes disponibles et de l'actualité. Il s'acquittait de cette tâche avec bonne humeur, elle lui donnait l'occasion de sortir. Il aimait tous ceux avec qui il travaillait, vénérait les femmes notamment, mais pour lui, c'était parfois un peu trop.

Il n'était pas habitué à vivre et à travailler au milieu d'une grande famille. Et c'était bien ce que *Legendary Security* était devenue au fil du temps. Cela lui convenait, même si parfois…

Saul était son meilleur ami. Mais, il venait de trouver Rebel. Comme elle habitait en ville, ils étaient en train de devenir un couple de plus, vivant ensemble sous le même toit. Dakota savait que Saul avait déjà discuté avec Rebel de la possibilité d'emménager dans l'un des appartements du domaine.

Huit appartements étaient en cours de rénovation pour les employés de la société. Dakota doutait que cela suffise, compte tenu de la vitesse à laquelle Levi recrutait certains des meilleurs hommes avec lesquels Dakota avait eu le privilège de travailler.

Dakota fonça sur l'autoroute. Il s'arrêterait peut-être

pour déjeuner ou prendre un café, mais il s'acquitterait de tout ce qu'il avait à faire, en expert, rapidement et efficacement. La plus grande partie de sa mission consistait à récupérer des pièces qui avaient été préalablement réservées dans divers entrepôts et magasins. Il fallait aussi aller chercher de la nourriture, ce qui était toujours amusant, car la liste d'Alfred était énorme. L'avantage, c'est qu'il avait téléphoné pour passer sa commande, qu'elle avait été payée et qu'elle serait prête à être chargée lorsque Dakota arriverait.

Étant donné que la société de Levi avait beaucoup de travail en ce moment, les hommes allaient et venaient régulièrement. Dans cette agitation, Dakota aimait bien cette distraction-là. Saul venait de s'envoler pour effectuer un travail en Alaska. Il était toujours content de partir en mission, mais en même temps, sa chérie allait lui manquer. La façon dont Saul et Rebel avaient réussi à se trouver était incroyable. Dakota était heureux pour son ami. Saul n'avait pas forcément cherché à avoir une relation, mais lorsque l'opportunité s'était présentée, il en avait reconnu la valeur et l'avait saisie.

Dakota n'était pas sûr d'avoir la même sagesse. Il n'avait jamais été marié. Lors de ses années dans la marine, il avait constaté, en regardant les histoires entretenues par ses amis, à quel point cette vie était difficile. En ce qui le concernait, le fait d'avoir été un SEAL, d'être envoyé sur des missions dangereuses, avait été très dur à vivre pour ses anciennes petites amies. Il ne savait jamais quand il reviendrait ni *s'il* reviendrait. Il s'était dit que ce serait plus facile s'il ne donnait pas son cœur. Il s'était dit qu'ainsi, il y aurait moins de risque de souffrance. Pourtant, il ne désirait pas particulièrement rester célibataire. Aujourd'hui, son mode de vie était moins dangereux, même si c'était toujours le même genre de boulot. Il continuait à partir régulièrement loin de chez lui.

Il avait déménagé au Texas pour ce travail. Il ne voulait pas risquer de tout gâcher. Il aimait beaucoup les gens avec lesquels il travaillait. En quittant la marine, il appréhendait le fait de perdre ce sentiment de fraternité. Mais, finalement, comme il s'était lié avec Levi presque immédiatement, Dakota avait ressenti un nouveau sentiment de parenté et d'appartenance. Il aimait sa nouvelle vie.

Cela dit, le fait que presque tout le monde sur le domaine vive une relation sérieuse rendait, parfois, le fait d'être célibataire un peu gênant. Mais Dakota n'y voyait pas d'inconvénient, parce qu'il pensait que c'était confortable. Peut-être même, était-il un peu envieux…

Il avait vu Saul et Rebel s'unir, faire des étincelles, avant de s'installer dans quelque chose qui ressemblait presque à une relation entre une serrure et une clé.

Il ne s'attendait pas vraiment à ce que cela arrive à Saul. Ils étaient meilleurs amis depuis toujours. Saul avait eu plusieurs histoires sérieuses. Dakota avait pensé que certaines de ces femmes étaient parfaites pour son ami. Mais aucune de ses aventures n'avait abouti. Rebel était complètement différente. Et pourtant, elle était parfaite. Vu la rapidité avec laquelle Saul avait sympathisé avec Rebel, Dakota se demandait s'il pouvait lui aussi avoir ce petit quelque chose de spécial. Non pas que cela puisse être planifié !

En vérité, la grande peur de Dakota était que la femme parfaite passe à côté de lui et qu'il ne la reconnaisse pas.

Lorsqu'il arriva à la périphérie de la ville, il s'apprêta à changer de voie afin de prendre à droite à l'intersection suivante. Le meilleur moyen pour venir à bout de cette longue liste était d'être efficace, de bien choisir les endroits où il se rendrait et dans quel ordre. Il s'arrêta au premier entrepôt et récupéra plusieurs colis qui étaient arrivés pour Levi avant de les charger à l'arrière du SUV. Il les poussa dans le coin le plus éloigné et les sangla convenablement. Lorsqu'il rentrerait, le véhicule serait plein à craquer, il devait donc faire en sorte d'optimiser au maximum l'espace dont il disposait. Tout en s'assurant que les denrées périssables soient les dernières à entrer et les premières à sortir.

Au garage, il chargea quelques pièces que Stone et Merk avaient commandées pour deux des véhicules. Comme tout avait été réservé et qu'Ice avait payé toutes les factures, Dakota n'avait pas à s'occuper des questions financières. Au début, lorsque Ice et Levi avaient créé la société, les moyens étaient apparemment très serrés. Mais maintenant que l'argent n'était plus un problème, que la société faisait des bénéfices, les copropriétaires augmentaient leur stock, amélioraient l'équipement de la clinique et réhabilitaient de nombreux appartements. Levi avait hérité de l'immense domaine d'un membre de sa famille, et depuis qu'ils avaient emménagé, le site était en chantier.

Bien sûr, Alfred était une bénédiction. Il dirigeait le manoir et la cuisine, où il préparait, seul, de délicieux repas pour tout le monde. On avait beaucoup discuté de la possibilité de lui adjoindre un assistant et finalement, tout le monde s'était mis au travail pour l'aider. Plus personne ne le laissait laver la vaisselle, même s'il protestait vigoureusement. Ce qui était totalement inutile sachant que la maison était constamment occupée par une trentaine de personnes au minimum. Il restait encore quelques chambres vacantes, mais on allait vite s'approcher de la saturation.

Une fois que les appartements seraient terminés, Dakota savait qu'un grand nombre de couples s'installeraient dans ces espaces. Cela changerait les choses. Il ne savait pas comment les repas s'organiseraient à ce moment-là. Cela dépendrait probablement de chacun. Certains étaient tellement occupés qu'ils apprécieraient qu'on les nourrisse et d'autres aimeraient peut-être cuisiner eux-mêmes des dîners spéciaux. Dakota n'était pas sûr de la façon dont Alfred gérerait l'intendance générale à ce moment-là, mais, comme pour tout le reste, après quelques difficultés, tout s'installerait dans un rythme agréable pour tous.

Dakota fit deux arrêts supplémentaires, les rayant joyeusement de sa liste. Alors qu'il repartait après son quatrième arrêt, la pluie se mit à tomber. En quelques minutes, l'averse fut si drue qu'il ne voyait presque plus rien au travers du pare-brise. Il arriva à un carrefour et s'apprêtait à s'y engager lorsque plusieurs véhicules dérapèrent, faisant de l'aquaplaning. Les rues étaient déjà inondées.

Dakota préféra s'éloigner de ces grands axes de circulation. Les rues secondaires seraient moins dangereuses. Il prit à droite, puis à gauche, et au moment de tourner de nouveau à droite, il jeta un coup d'œil de chaque côté. Les deux voies étant libres, il appuya sur l'accélérateur.

Au même instant, une femme se précipita sur sa route. Il tourna le volant d'un coup sec, mais sentit tout de même le choc, lorsqu'il la heurta.

— Merde !

Il freina violemment. Le camion s'arrêta net. Il coupa le moteur, ouvrit la porte et sortit en courant. La femme s'appuyait contre le véhicule et le regardait d'un air hébété.

— Oh, mon Dieu ! Vous allez bien ? Il arriva jusqu'à elle, évaluant son état. Il ne remarqua pas de sang, elle semblait se tenir debout toute seule.

Elle leva les yeux vers lui et dit :

— Je… je vais bien.

Dakota secoua la tête.

— Non, ça ne va pas.

Elle lui adressa un bref sourire et lui rétorqua :

— Mais si !

Elle inspira profondément, comme si elle allait plonger et s'élança. Du bas de la rue, Dakota observa sa démarche. Elle boitait du côté gauche et se tenait avec son bras enroulé autour de sa poitrine. Il savait que, même si ce n'était pas grave, elle était quand même blessée. Il remonta alors dans le camion, démarra le moteur, tourna et se lança à sa poursuite. Elle bifurqua dans une ruelle. Il la suivit.

Il se sentait très mal. Il ne l'avait pas vue avant de s'engager dans l'intersection, il ne savait pas d'où elle venait jusqu'à ce qu'elle se retrouve subitement sur la chaussée. Il voulait qu'elle soit examinée par un médecin. C'était comme si elle avait surgi des ténèbres. Il s'approcha de la ruelle, mais ne vit aucun signe d'elle. Il fit le tour du pâté de maisons et s'engagea dans la ruelle par l'autre côté, espérant la surprendre à l'autre bout. Il avança lentement jusqu'au coin de la rue. Il n'y avait personne. Aucune porte n'était ouverte.

Dakota passa devant une cuisine d'où sortait un couple qui riait et plaisantait sur la pluie, se précipitant pour se mettre à l'abri dans le magasin au coin de la rue. Dakota se gara sur le côté. Il ouvrit la portière et courut jusqu'à la porte d'où était sorti le couple. Il pénétra à l'arrière d'un petit restaurant.

Le chef se retourna et fronça les sourcils.

— Utilisez l'entrée principale ! aboya-t-il.

— Désolé. Avez-vous vu une jeune femme passer par ici, il y a quelques minutes ?

Le chef fit un signe vers l'avant du restaurant.

— Oui, elle est là-bas.

— Merci. Il se secoua rapidement, se débarrassant des gouttes de pluie.

— N'oubliez pas l'entrée principale la prochaine fois !

— Promis, merci.

Dakota se dirigea vers l'avant, dépassant une serveuse portant un plateau d'assiettes vides.

— Désolé.

Il s'arrêta pour observer l'ambiance animée. Il ne connaissait pas du tout ce restaurant. Il s'agissait plutôt d'un petit café, style « diner ». Il passa entre les tables, cherchant l'inconnue qui l'avait fui.

Elle se trouvait devant lui, assise à une table pour deux, un verre d'eau posé devant elle. Il s'assit rapidement sur la chaise libre face à elle.

Elle recula d'un bond et le considéra avec stupeur. Puis lentement, sa lucidité revint et elle s'enfonça dans son fauteuil.

— J'ai dit que j'allais bien.

Il secoua la tête.

— Vous boitez et vous vous tenez le flanc, répondit Dakota en se rapprochant. Je ne peux pas, en toute conscience, vous laisser partir sans vous faire examiner par un médecin.

Elle refusa et précisa amèrement :

— Je ne peux pas payer ma franchise d'assurance médicale, donc cela n'aurait pas d'importance si j'*étais* vraiment blessée.

Il tendit la main et prit la sienne, la tenant avec douceur.

— Je m'occuperai de votre facture. Je veux juste m'assurer que vous allez bien.

Elle l'étudia attentivement. Puis comme si elle craignait de dire quelque chose, elle se contenta de serrer ses lèvres l'une contre l'autre : bouche cousue.

Il soupira et se rassit.

— Vous êtes toujours aussi têtue ? s'enquit-il avec légèreté.

— Non, seulement quand des hommes me traquent et me font peur.

Sa formulation était intéressante. La serveuse s'approcha à ce moment-là avec une cafetière et deux tasses.

Alors qu'elle s'apprêtait à les laisser, Dakota lui demanda :

— Pourriez-vous nous apporter un menu aussi, s'il vous plaît ?

Avec un sourire radieux, la serveuse s'éclipsa pour aller le chercher.

Il observa la femme.

— Dites-moi au moins votre nom ! Je m'appelle Dakota Languor. Il tendit la main au-dessus de la table pour serrer la sienne.

Elle lui serra la main et se présenta :

— Bailey Hoskins.

— J'aime bien. C'est différent. Il tourna la chose dans sa tête, puis haussa les épaules. J'aime ce qui est unique.

— Oui, c'est différent, répéta-t-elle doucement. C'est aussi pour cela qu'il a été difficile de grandir avec ce prénom. Les enfants avaient du mal à accepter que mon nom soit particulier. Alors, ils m'ont considérée comme différente… Cela n'a plus vraiment d'importance.

— Avez-vous été victime d'intimidation pendant votre enfance ?

Elle haussa les épaules.

— Pas plus que n'importe qui d'autre, je suppose, mais j'ai reçu ma part, c'est indéniable. Elle étudia son visage, puis laissa tomber son regard sur ses larges épaules.

Dakota savait ce qu'elle voyait. Il était l'incarnation même du garçon américain, musclé, bronzé. Bailey sourit :

— Je suppose que vous ne l'étiez pas ?

— Jamais deux fois par la même personne, en tout cas. Le ton de sa voix était neutre. Dakota n'avait aucune patience pour ceux qui se moquaient des autres. J'ai toujours été un joueur honnête. Je ne perds pas mon temps avec ceux qui ne le sont pas.

— Alors, pourquoi êtes-vous ici à perdre votre temps avec moi ? demanda-t-elle d'un ton presque moqueur.

— Parce que je ne sais même pas ce qui s'est passé ! admit-il. Non seulement vous avez traversé une rue en courant sans regarder, mais vous fuyiez quelque chose. J'ai rencontré trop de femmes, courant, terrorisées, pour ne pas m'arrêter, pour ne pas demander si je peux aider quand cela arrive.

Bailey se tortilla sur sa chaise, prête à protester, lorsque la serveuse revint et plaça un menu devant elle, tendant le second menu à Dakota.

— Je reviens dans une minute.

Dakota la remercia d'un signe de tête et leva le menu pour le consulter, mais par-dessus, il l'observa en train de remuer lentement son café.

Elle plongea sa cuillère dans la tasse et tira un peu du liquide sombre, en prit une gorgée et grimaça.

Il sourit.

— Vous ne buvez pas beaucoup de café ?

Elle haussa les épaules.

— Pas beaucoup, non.

Il lui tendit le sucre et la crème.

— Essayez peut-être avec l'un de ces deux ingrédients !

Elle les étudia tous les deux, prit la crème et en versa une bonne quantité.

Il se remit à lire le menu et décida que le plat du jour – un hamburger du chef – serait parfait. Il lui jeta un coup d'œil par-dessus le menu.

— Laissez-moi au moins vous inviter à déjeuner ! D'accord ?

L'offre sembla la surprendre. Finalement, elle acquiesça.

— Je vous remercie. J'apprécierais.

— Votre blouse ou votre pantalon ont-ils été endommagés lorsque vous avez heurté le véhicule ?

Elle jeta un coup d'œil vers son bas, balayant l'humidité qui s'accrochait au tissu.

— Non, j'en doute.

Il lui indiqua la carte qui se trouvait devant elle.

— Choisissez quelque chose !

Elle plaça le menu entre eux deux, comme si une barrière pouvait l'aider à le faire s'en aller. Il ne ferait pas ça, mais il pouvait comprendre qu'elle veuille se cacher derrière quelque chose.

Il se montra patient pendant qu'elle étudiait les options de son déjeuner. Si elle espérait l'exaspérer avec cette attente, elle pouvait toujours rêver. Il ne la quitterait pas des yeux tant qu'il n'aurait pas obtenu de réponses.

Elle finit par poser la carte sur le côté.

— Je prendrai une salade verte.

La serveuse, comme si elle voyait ce qu'elle faisait, s'approcha pour prendre leurs commandes. Il demanda rapidement deux grands hamburgers, des frites et une salade verte pour elle. Ils passèrent en revue les extras qu'il voulait sur les hamburgers. Finalement, la serveuse ramassa les menus et s'en alla.

Bailey le regardait fixement.

— Est-ce que vous m'avez écoutée au moins ?

— J'ai écouté. Il est évident que vous avez besoin de plus de nourriture qu'une salade verte. Même si vous n'êtes que légèrement blessée, votre corps en a besoin pour guérir. Vous étiez encore en état de choc quand je suis arrivé, ça veut dire que vous avez besoin de manger, vraiment.

— Je ne suis pas en état de choc ! protesta-t-elle.

— Bien sûr que si ! Vos mains tremblent encore. Vous continuez à enlacer vos bras autour de votre corps à cause du froid et de l'humidité. Si quelque chose vous est arrivé avant qu'on se croise, le choc s'est accru, littéralement. Que fuyiez-vous ?

Bailey se retourna pour regarder la pluie battante à l'extérieur de la fenêtre.

— Je venais de quitter le bureau et je me dirigeais vers la banque. C'est assez loin, alors j'ai coupé à travers les ruelles pour pouvoir faire l'aller-retour pendant ma pause. Pressée, je n'ai pas regardé où j'allais, expliqua-t-elle à voix basse. Ce n'est pas votre faute.

— Pourtant, j'ai l'impression que c'est le cas, répondit Dakota doucement. Je ne me suis pas arrêté à temps. Et cela me dérange vraiment de penser que vous pourriez sortir d'ici avec ce qui semble être une blessure légère mais qui, en fait, pourrait être bien plus grave.

— Je vais bien. Je n'ai mal nulle part.

— Je suis content de l'entendre.

— Mais vous ne me croyez pas vraiment, n'est-ce pas ?

— Ce n'est pas tout à fait ça. Quand quelqu'un est en état de choc, il n'est pas toujours conscient de la gravité de ses blessures. Ses lèvres se retroussèrent. Jusqu'à ce qu'il soit trop tard.

Bailey s'affaissa dans son fauteuil et fixa la fenêtre. Elle prit sa tasse et but une gorgée de café. La tasse tremblait dans sa main.

Dakota avait envie de lui tendre la main, de lui faire comprendre que tout irait bien, qu'il s'en assurerait.

Elle avança la main par à-coups et finit par reposer la tasse. Le simple fait d'absorber quelques gouttes de café sembla un peu l'aider. Cela redonnait un semblant de vie à ses yeux éteints.

— Êtes-vous prête à me dire ce qui s'est passé avant la collision ?

— Je n'ai pas l'intention de vous dire quoi que ce soit, répliqua-t-elle.

Il s'en doutait. Quelque chose l'avait terrifiée et l'avait poussée à courir. C'était pour ça qu'elle s'était retrouvée sur la route, là où elle n'aurait pas dû se trouver. Dakota ne s'en était pas bien sorti. Il aurait dû réagir plus vite. Même si la pluie était si forte qu'il était difficile de distinguer quoi que ce soit.

— Vous habitez Houston ? demanda-t-il.

— Oui, je suis ici depuis quelques années. Lui jetant un petit regard en biais, elle lui retourna la question. Et vous ?

— Je suis là depuis quelques mois, lui confia-t-il. Un ami et moi avons déménagé ici pour travailler dans la même entreprise.

— Oh, c'est bien que vous ayez emménagé tous les deux en même temps.

Il haussa les épaules.

— Nous travaillons pour *Legendary Security*. On était ensemble dans la marine. Partir en même temps et s'installer ici, c'était un bon plan pour nous deux. On est copains depuis longtemps et on n'avait pas vraiment envie de trouver du travail à l'autre bout du monde et de devoir repartir de zéro, sans personne à nos côtés.

— Avoir des amis rend les choses plus faciles. Elle ajouta un peu plus de crème dans son café.

Dakota fronça les sourcils en remarquant sa peau translucide et le gros hématome sur le dos de sa main.

— On dirait que vous ne mangez jamais.

Bailey leva les yeux et l'étudia un long moment.

— Je vais mieux maintenant.

— Vous étiez malade ? questionna-t-il d'un ton sec.

— Non, je suis, émotionnellement, traumatisée. J'ai perdu mon mari, Rick, il y a dix-huit mois. J'ai failli disparaître. Je ne m'intéressais plus à rien. Puis j'ai franchi un cap, il y a quelque temps. Depuis, je reprends lentement des forces.

Elle saisit son café et en but plusieurs gorgées en se concentrant, de nouveau, sur la fenêtre.

Il savait qu'elle ne voyait rien au travers. Il savait qu'elle fixait son passé, laissé derrière elle.

— Je suis désolé. C'est très difficile.

— Oui, ça a été très difficile. Il était malade. Il a passé des examens, on a découvert qu'il était atteint d'un cancer de stade quatre. Il est parti en moins de six mois. Il n'a même pas eu le temps de s'adapter, de suivre un traitement ou d'essayer de se battre. Il était là et soudain, il était trop malade pour vivre ailleurs qu'à l'hôpital. Il a été transféré si rapidement, nous n'avons pas réalisé à quelle vitesse tout serait terminé.

Elle secoua la tête, serrant ses mains l'une contre l'autre.

— Nous n'étions mariés que depuis six mois lorsqu'il est tombé gravement malade.

— Au moins, vous aurez eu ces six premiers mois, commenta-t-il gentiment.

Bailey lui adressa un sourire tremblant.

— Il m'a fallu beaucoup de temps pour arriver à la même conclusion. Vous avez raison. Cependant, lorsque vous perdez quelqu'un, il est très difficile de ne pas en vouloir à la terre entière, de ne pas pleurer et de ne pas être en colère parce que vous êtes la seule qui reste, parce que les gens que vous aimez sont tous partis. Je me suis plongée dans le travail, j'ai fait du bénévolat en plus. J'ai tout fait pour me tuer à la tâche, pour ne plus ressentir quoi que ce soit. J'ai retardé mon retour à la maison autant que possible, j'ai essayé de dormir la nuit pour pouvoir me lever et recommencer. J'ai beaucoup maigri. Ce n'était pas vraiment un mode de vie sain. Je peinais énormément à m'endormir, et encore plus à me lever, sans avoir envie de pleurer.

— Dix-huit mois, ce n'est pas très long pour un deuil.

— Non, mais pour moi, c'est suffisant, affirma-t-elle. J'ai réalisé il y a quelques mois que je devais enrayer ma descente aux enfers. Rick serait très en colère contre moi, s'il savait que je me laissais aller ainsi. Il m'a toujours demandé de prendre soin de moi. Ce n'est même pas que j'en étais incapable, je n'y ai, tout simplement, jamais pensé. Je pouvais sauter plusieurs repas sans vraiment m'en rendre compte, puis soudain j'étais prise de fringales, je devais manger.

— Des repas réguliers sont nécessaires pour maintenir un bon niveau d'énergie.

— Pourquoi voudrais-je garder mon énergie ? Je voulais juste rentrer à la maison et sombrer jusqu'au lendemain. Ce n'est qu'en dormant que j'arrivais à anesthésier la douleur.

La serveuse s'approcha alors avec deux grandes assiettes.

Dakota regarda le hamburger avec satisfaction. Il faudrait qu'il se souvienne de cet endroit-là.

— Ça a l'air délicieux, déclara-t-il.

Il étudia le plat qui se trouvait devant Bailey. Le hamburger était aussi gros que le sien, accompagné d'une salade de taille convenable. Il prit son hamburger avec précaution, il était assez épais pour que Dakota ait besoin de ses deux mains pour le tenir et en prit une grande bouchée. De la vraie viande, cuite à la perfection sur un gril, comme il l'aimait.

Ils grignotèrent ensemble en silence, profitant du repas chaud, de la chaleur du café. Lorsqu'il eut fini son hamburger, Dakota tourna son assiette vers Bailey et lui proposa des frites.

Elle refusa.

— Au mieux, je finirai le mien.

— Je soupçonne que vous n'avez pas pris de petit déjeuner ce matin, n'est-ce pas ?

— Non, j'ai petit-déjeuné il y a déjà longtemps. Bailey soupira lourdement. Vous ne devriez probablement pas me parler. Ni être vu avec moi de quelque manière que ce soit.

Il haussa un sourcil en signe d'interrogation.

— Ah bon, pourquoi ? demanda-t-il en enfournant une frite dans sa bouche.

Elle secoua de nouveau la tête, ne voulant pas s'expliquer.

Il savait qu'elle cachait quelque chose, mais il n'était pas sûr de savoir comment le lui faire comprendre.

— Qu'est-ce que vous fuyez ?

Elle éclata de rire.

— C'est pour ça que vous ne devriez pas me parler. Pour ce que j'en sais, vous avez des ennuis maintenant.

— Comment ça ? l'interrogea-t-il d'un air anodin. Il n'était pas question de la laisser s'en tirer à si bon compte. Il devait savoir ce qui s'était passé.

Elle refusa de lui répondre et continua à manger sa salade. La serveuse revint pour remplir sa tasse.

Il la laissa manger en silence pendant quelques instants encore, puis lui lança :

— Dites-moi ce qui ne va pas !

Elle le scruta.

— Vous ne pouvez rien faire. Et je ne mettrai personne d'autre en danger.

— Quel danger ?

Elle haussa les épaules mais garda le silence.

— Vous vous souvenez que je travaille pour une société de sécurité privée ? Vous vous souvenez que j'étais dans la marine ? Mon travail consiste à gérer le danger. J'aide les gens qui ont des problèmes.

— Peut-être, mais vous le faites pour de l'argent et ce n'est pas une ressource dont je dispose. En plus, c'est trop dangereux, même pour vous.

Il se décala sur sa chaise, cherchant comment l'amener à se confier. Il était plutôt du genre « si le marteau ne marche pas, alors il faut faire appel à la masse ». Mais cette approche ne fonctionnait pas bien avec les femmes. Il devait trouver la clé pour l'aider à se détendre.

— L'argent n'est pas un problème, lui répondit-il gentiment. Si je peux faire quoi que ce soit pour vous aider, dites-le-moi.

Cette fois, elle fut catégorique.

— Merci pour le déjeuner, répliqua-t-elle. Je dois aller aux toilettes. Excusez-moi, s'il vous plaît.

Elle se leva, prit son sac à main et passa devant lui. Assise depuis une heure, son corps était raide. Il put constater que sa claudication était plus prononcée. Il jura dans sa barbe. Il fallait vraiment que sa jambe soit examinée. Elle se tenait aussi légèrement voûtée, il savait que c'était pour protéger ses côtes. Il était possible qu'elle s'en soit cassé une ou deux. Il espérait que ce n'était qu'une contusion, mais il savait que même ça, cela prendrait beaucoup de temps à guérir. Il l'observa jusqu'à ce qu'elle eût dépassé les autres tables et soit entrée dans les commodités. Puis il attendit.

DANS LES TOILETTES, Bailey observa son reflet dans le miroir, détestant voir les énormes cernes sous ses yeux. La peur était toujours présente.

— Qu'est-il arrivé à ma vie ? murmura-t-elle à son reflet.

Elle utilisa les toilettes puis se tourna vers le lavabo, se lavant les mains longuement, profitant de la chaleur de l'eau. Elle avait si froid, dedans comme dehors, son corps était raide et endolori. Elle n'en voulait certainement pas à Dakota. Elle avait carrément foncé dans son véhicule. Heureusement qu'il n'allait pas plus vite et qu'il avait dévié l'impact, car elle aurait probablement été tuée ou, au moins, grièvement blessée.

Bailey prit un moment pour se brosser les cheveux tout en rassemblant ses idées. Elle ne savait pas quoi lui dire pour qu'il soit satisfait et la laisse tranquille. Il était un peu trop déterminé à la garder près de lui. Elle espérait pouvoir s'échapper du restaurant sans qu'il la voie partir. Cela signifiait lui laisser payer l'addition, mais puisqu'il lui avait proposé de l'inviter, elle ne se sentait pas coupable. Sans compter qu'il avait commandé trois fois plus de nourriture qu'elle.

On frappa à la porte. Elle se sécha rapidement les mains, s'essuya le visage, jeta l'essuie-tout dans la poubelle et ouvrit. Elle sourit à une femme d'âge moyen en lui laissant la place.

Elle fouilla ensuite le restaurant du regard, à la recherche d'un moyen pour sortir discrètement. Une foule bruyante d'employés de bureau entra alors, en groupe. Ils dépassèrent Dakota et se dirigèrent vers une table, située entre eux deux.

Elle se joignit rapidement à la foule, se glissa à l'extérieur du groupe, passa devant la table de Dakota et arriva à la porte d'entrée. Elle ouvrit la porte et se glissa à l'extérieur.

La pluie s'était calmée, c'était une bonne chose. Elle avait encore très froid. Il fallait qu'elle rentre chez elle, tout de suite.

Elle tourna au coin de la rue, au premier carrefour et traversa la route. Au moment où elle s'engageait sur le trottoir le plus éloigné, une main lui attrapa doucement le coude. Sans se retourner, elle sut qu'il s'agissait de Dakota.

— Vous devriez me laisser partir.

— Nous allons rejoindre mon véhicule pour que je vous ramène chez vous. Vous ne devriez pas vous promener sous la pluie alors que vous êtes blessée, affirma-t-il fermement.

Elle lui opposa :

— J'habite juste à quelques rues d'ici.

— Bien, alors vous raccompagner sera vite fait.

Bailey ne pouvait pas protester sans attirer l'attention et ce n'était pas ce qu'elle souhaitait.

Elle le laissa donc la conduire jusqu'à la ruelle et l'aider à monter dans son gros SUV noir. À l'intérieur, elle était au sec, au chaud et à l'aise. Elle s'installa dans le siège profond et boucla sa ceinture.

Lorsqu'il monta dans le véhicule et démarra, il pivota pour l'observer.

— Où allons-nous ?

Elle lui donna quelques indications simples et, quelques minutes plus tard, ils s'arrêtèrent sur le parking visiteur situé devant son immeuble. Il coupa le moteur, descendit et s'approcha d'elle. Elle s'interrogea sur son sens de la galanterie, sur le fait qu'il ait ouvert la portière et qu'il ait tendu la main pour l'aider à descendre. Peut-être avait-il peur qu'elle le poursuive en justice, alors qu'en réalité, tout ce qu'elle voulait, c'était qu'on la laisse tranquille.

Il l'escorta sur les marches de l'immeuble.

— Quel est le numéro ?

Elle le tapa et obtint le code de sécurité. Lorsque la sonnerie retentit, il ouvrit la porte et lui fit signe d'entrer. Il la conduisit directement jusqu'aux ascenseurs, où l'un d'entre eux les attendait. Il entra à sa suite et appuya sur le bouton du troisième étage.

Elle sourit.

— Êtes-vous toujours aussi observateur ?

— Toujours.

Elle le crut. Elle aurait aimé pouvoir compter sur lui pour l'aider. Mais c'était un homme bon et elle ne voulait pas qu'il lui arrive quoi que ce soit.

— Je ne peux pas vous le dire, vous savez.

— Vous me le direz.

Elle fronça les sourcils.

— Non, je ne le ferai pas. Je ne veux pas qu'on vous fasse du mal.

Il se retourna vers elle.

— Qui vous a fait du mal ?

Elle recula d'un pas et précisa :

— Pas à moi.

Il l'étudia pendant un long moment, tandis que l'ascenseur continuait, doucement, à monter.

— Avez-vous vu quelqu'un blesser quelqu'un d'autre ? Avez-vous été témoin d'un crime ?

Elle grimaça.

— Comment en êtes-vous arrivé à cette conclusion-là ?

— Arrêtez de tergiverser ! C'est important, c'est urgent. Avez-vous vu un crime être commis ?

Lorsque les portes de l'ascenseur s'ouvrirent, ils les franchirent ensemble et se dirigèrent vers son appartement. Elle inséra sa clé dans la serrure et ouvrit la porte. Elle entra et il la suivit.

— Répondez à la question !

Elle prit une grande inspiration et acquiesça lentement. Maintenant qu'ils étaient dans son appartement, qu'elle ne risquait plus d'être entendue, elle avait moins de scrupules à lui avouer. Puisqu'il était si déterminé à mettre son nez dans ses affaires, peut-être que cela l'effraierait enfin.

Elle inspira et déclara :

— J'ai vu le maire de Houston, debout, dans une allée à côté d'un autre homme. Ils parlaient à un troisième homme. L'homme, à côté du maire, a sorti un petit pistolet noir et a tiré sur le troisième, en plein cœur. Il s'est écroulé sur le sol. Il m'a semblé qu'il était mort sur le coup. Le maire est resté là, à regarder.

— Ce matin ? ! Vous avez vu ça ce matin ?

Elle acquiesça.

— Et ils m'ont vue. C'est pour ça que je courais. Je ne m'attendais pas à tomber sur quelqu'un. Je passais juste par-derrière. Mais je les ai vus. J'ai fait demi-tour et j'ai foncé sur vous.

— Cela semble être la pire matinée de votre vie, commenta-t-il avec un doux sourire, mais être tombée sur moi rendra cette journée sombre bien meilleure.

— C'est très… Elle ferma la bouche, cherchant un mot approprié.

Dakota tendit la main, inclina le menton de la jeune femme vers lui.

— Non, ce n'est ni prétentieux ni arrogant. C'est la vérité. Parce que je vous aiderai, que vous le vouliez ou non.

# Chapitre 2

BAILEY NE SAVAIT pas quoi penser de cette déclaration. Cela faisait longtemps qu'elle n'avait pas eu quelqu'un avec qui partager son fardeau. Et voilà que cet homme voulait s'en charger, bien que ce ne fut pas le sien.

Elle refusa.

— Non. Je ne veux pas qu'il arrive du mal à quelqu'un, à cause de moi. Elle se retourna pour fermer la porte et ajouta : merci de m'avoir ramenée.

Dakota acquiesça, son regard fouillant le petit espace.

— Que cherchez-vous ? demanda-t-elle avec curiosité.

— Les faiblesses de votre logement, les endroits où votre sécurité pourrait être mise à mal. Votre système de défense.

Elle haussa les épaules.

— Je suis au troisième étage. Le pire que l'on puisse faire, c'est de passer par la porte d'entrée.

— Vous avez un balcon ? Il se dirigea vers la porte-fenêtre et l'ouvrit. Il sortit sur le balcon d'un mètre de large et regarda par-dessus le bord. Apparemment satisfait, il revint à l'intérieur. Vous dormez avec les fenêtres et les portes fermées et verrouillées ?

— Non. Quand il fait chaud, je dors avec tout ouvert, répondit-elle.

— Eh bien, dans les prochains jours, vous dormirez en bouclant tout, d'accord ?

— Cela ne changera rien. Si un intrus est déterminé à entrer, il entrera.

— C'est tout à fait vrai, approuva-t-il, surpris. Je suis content que vous vous en rendiez compte. Parce que ce n'est pas l'endroit le plus sûr où vous pourriez rester.

— Non, mais c'est chez moi. Et c'est très important pour moi.

Il hocha la tête, fit un tour rapide pour s'assurer que l'endroit était sûr.

Elle lui indiqua la chambre principale :

— Je vous en prie. Cela ne la dérangeait pas du tout qu'il fasse cela. D'ailleurs, elle le ferait elle-même avant d'aller se coucher ce soir. Si dormir était possible… Dois-je prévenir la police ?

Il sortit de la chambre principale et lui sourit.

— C'est une bonne idée. Connaissez-vous quelqu'un en qui vous pouvez avoir confiance ?

Elle inspira un grand coup, les bras croisés.

— Vous pensez que la police ne m'aidera pas ?

— S'il s'agit bien du maire, il a, forcément, des personnes en place, à des postes inférieurs au sien, qui étoufferont l'affaire.

Bailey grimaça.

— En d'autres termes, des flics ripoux pourraient être impliqués, c'est ça ?

— C'est *possible*, souligna-t-il. Il y a très peu de policiers véreux, du moins en Amérique du Nord. Le problème, c'est que les agents sont parfois associés à un projet sans en comprendre toutes les ramifications, tout ce qui en découle, tous les liens obscurs. Certains croiront que vous mentez pour discréditer le maire.

— Mais pourquoi ferais-je cela ?

— La police voit ça tout le temps. Vous ne seriez pas la première ni la dernière. Parlez à la police ! Mais, d'abord, écrivez exactement tout ce que vous avez vu, comme vous l'avez vu, avec autant de détails que possible, afin d'avoir une base à laquelle vous référer. La police vous interrogera sur chaque détail. Il faudra être précise.

— C'est logique.

Bailey alla dans la cuisine, ouvrit un tiroir et en sortit un petit bloc-notes. Elle le posa sur la table et s'assit. Elle aurait dû penser à faire ça plus tôt. Elle n'en avait pas eu le temps. Le choc post-traumatique était vraiment une chose sournoise. Il avait vraiment détruit sa capacité à fonctionner de manière calme et raisonnable.

Il lui fallut un peu de temps pour se concentrer, mais lorsqu'elle y parvint, elle nota soigneusement tout, de la description des vêtements que portaient ces hommes au bruit des balles. Elle n'avait que peu de souvenirs sur l'homme qui avait été abattu. Elle avait juste vu son visage et qu'il portait des vêtements sombres. Elle avait supposé qu'il s'agissait d'une transaction commerciale qui avait mal tourné entre eux trois.

— Quand vous vous êtes enfuie, ils vous ont crié dessus ? Vous ont-ils dit de vous arrêter ? Les avez-vous entendus monter dans un véhicule ? Tous ces détails sont importants.

Elle leva son regard vers Dakota, mais ne vit pas ses traits, seulement le cauchemar dans lequel elle avait déboulé.

— Je me souviens qu'un homme a saisi le bras du maire et lui a dit : « Reculez. »

Dakota se rapprocha d'elle.

— Avez-vous entendu autre chose ? Avez-vous ressenti quelque chose ? Une secousse dans votre corps, une brûlure, une sensation de pression, quelque chose ?

Bailey le regarda fixement, sentant sa confusion et son angoisse l'envahir.

— Pas vraiment. J'ai failli tomber, je me suis légèrement tordu le genou. Il y a eu un bruit bizarre… Tout se fond dans cette horreur. Elle fronça les sourcils et posa son stylo pour se frotter la tempe. Mon mal de tête est revenu. Je ne peux pas vous dire à quel point c'est douloureux, ajouta-t-elle en plaisantant. J'ai l'impression qu'une rénovation majeure est en cours à l'intérieur de mon cerveau.

— Je suis vraiment désolé. J'aurais dû y penser plus tôt. Je suis encore choqué de vous avoir heurtée. Dakota s'approcha, encore plus d'elle et lui ordonna :

— Levez-vous, s'il vous plaît !

— J'ai déjà eu mal à la tête avant, je crois.

Il lui fit signe de se redresser.

Elle le fit, puis se tordit légèrement pour le regarder.

— Pourquoi ?

Rien que ce mouvement lui donna des vertiges. Elle sursauta et porta la main à sa tempe.

— Bon sang, ça fait mal !

— Enlevez votre manteau !

Elle leva ses yeux vers lui et lui demanda de nouveau :

— Pourquoi ?

Il se plaça derrière elle et l'aida doucement à laisser glisser son manteau. Dès qu'elle l'eut enlevé, elle écouta son souffle.

D'une voix ferme, il annonça :

— Je dois soulever votre blouse.

Elle se retourna et s'appuya sur la table, la pièce se mit à tourner.

— Non.

— Je ne vous ferai aucun mal, lui assura-t-il doucement.

J'ai besoin de comprendre pourquoi il y a du sang sur votre vêtement.

Elle le considéra, stupéfaite.

— Il y a quoi ?!

Elle se tordit, essayant de voir son dos et trembla sous les vagues de douleur qui l'envahissaient.

— C'est impossible, murmura-t-elle. C'est impossible que je ne m'en rende absolument pas compte !

— Parfois, cela prend du temps.

Elle renifla.

— Impossible ! Pas lorsque le sang coule quand même !

Il tira une chaise et la fit asseoir.

Lorsqu'elle se pencha sur le dossier de la chaise, il examina son dos.

— Le sang a traversé votre haut et a partiellement séché. Je vais aller chercher un torchon pour imbiber le tissu afin de pouvoir le soulever sans que ce soit trop douloureux. Ensuite, je regarderai à quel point vous êtes blessée.

Elle protesta, mais il ne l'écouta pas. Il ouvrit l'un des tiroirs qu'elle lui indiqua, tourna le robinet et fit couler de l'eau tiède sur le torchon. Il revint et le pressa doucement contre le bas de son dos. Elle cria immédiatement.

Il recommença plusieurs fois, le visage sombre, avant de déposer le torchon, très ensanglanté, à côté d'elle.

— Je vais soulever le tissu maintenant.

Elle ressentit toute la manipulation. Il tirait et tirait, ce n'était pas aussi douloureux que ça aurait pu l'être.

— D'accord. Maintenant, il faut que vous preniez votre manteau et que vous veniez avec moi.

Bailey refusa.

— Je suis trop fatiguée pour aller où que ce soit. Ce n'est rien. Maintenant que vous m'avez lavé le dos, ça va aller. Je veux rester ici et me coucher. J'ai juste besoin de me reposer.

Il se plaça devant elle et s'accroupit pour qu'ils soient les yeux dans les yeux.

— Vous avez besoin de points de suture. Cette blessure est due à une balle qui a entaillé votre dos. Il faut la nettoyer et la suturer pour la refermer.

Elle le contempla, abasourdie.

— Comment est-ce possible ?

Il haussa les épaules.

— Je pense que l'homme du maire s'est retourné pour vous tirer dessus quand vous vous êtes enfuie. Le ton de sa voix se durcit lorsqu'il ajouta : vous avez eu de la chance. La balle aurait pu faire beaucoup plus de dégâts.

Le dos de Bailey se mit à la brûler. Elle se pinça l'arête du nez, sentant la nausée l'envahir.

— C'est vraiment stupide. Je suis rentrée chez moi sans souffrir. J'étais fatiguée et endolorie, mais je me suis dit que c'était à cause du stress. Sur le moment, j'ai trébuché et j'ai failli tomber avant de partir en courant. Je me suis dit que ce n'était rien.

— Eh bien, ce faux pas vous a sauvé la vie, commenta Dakota avant de l'aider à se redresser doucement. Il lui posa son manteau sur les épaules. Allons-nous occuper de ça !

Il la conduisit jusqu'à l'entrée, s'assurant qu'elle avait bien son sac à main avec son rapport à l'intérieur, puis verrouilla la porte derrière eux.

— Je n'y crois toujours pas, lâcha Bailey.

— Quand vous aurez consulté le médecin et quand il vous aura suturé cette blessure, je suis sûr que vous y croirez.

DAKOTA L'AIDA À monter dans le 4x4 et la conduisit, en

empruntant de petites routes sinueuses, en direction de la rue principale et de l'hôpital le plus proche. Il n'était pas sûr qu'une clinique ouverte vingt-quatre heures sur vingt-quatre puisse s'occuper d'une blessure par balle. Il savait que ça ressemblait exactement à ce que c'était. Par contre, il ignorait s'ils devraient le signaler à la police ou non. Compte tenu des circonstances, il se dit qu'un rapport hospitalier faisant état d'une telle blessure serait probablement une bonne chose. Cela créditerait l'histoire de Bailey.

Il s'arrêta à côté de l'entrée des urgences et contourna la voiture pour l'aider à sortir. Elle protesta encore. Dakota lui sourit, passa son bras dans le sien et l'accompagna vers la porte.

— Vous pouvez râler autant que vous voulez, il n'y a pas moyen de se débarrasser de moi. Il fit claquer ses lèvres. Je vous ai seulement effleurée avec le véhicule, mais quand je pense que vous étiez déjà blessée et que vous saigniez déjà à ce moment-là, je me sens encore plus mal !

— Non, murmura-t-elle, la voix de plus en plus faible.

Il l'observa, la voyant pâlir de plus en plus au fur et à mesure qu'ils se rapprochaient des urgences.

— Vous allez vous évanouir sur moi ? demanda-t-il soudain. Je peux vous soulever et vous porter, même si je ne pense pas que ce soit la meilleure chose à faire pour votre dos.

Elle secoua la tête et, d'une voix sinistre, annonça :

— Ça ira.

Ce n'était pas vrai. Il se souvint alors de son deuil et du nombre de fois où elle avait dû se rendre à l'hôpital pour retrouver son mari agonisant. Cette consultation allait raviver tant de ces souvenirs pénibles. Malgré les épreuves, Bailey était restée forte. Elle avait continué à avancer. Il devait respecter ça. Bon sang, il devait la respecter. Elle s'était montrée tout à fait admirable jusqu'à présent !

— Combien de temps ? demanda-t-il à l'infirmière de triage.

La femme lui lança un regard inquiet.

— Priorité aux blessés les plus graves.

Il opina.

— Elle saigne, elle va bientôt s'évanouir.

Elle jeta un coup d'œil à Bailey et acquiesça.

— Un médecin va l'examiner rapidement.

Il retourna auprès de Bailey et patienta. Une dizaine de minutes plus tard, l'infirmière appela Bailey. On la conduisit dans l'un des box de soin. Les rideaux blancs se refermèrent sur eux. Il s'assit à côté du lit et attendit le médecin. Dakota ne la quitterait pas tant qu'on ne l'aurait pas poussé dehors.

Ils durent patienter encore dix à quinze minutes avant qu'une autre infirmière n'examine la blessure, fronce les sourcils et disparaisse.

Un médecin vint ausculter Bailey dans les minutes qui suivirent. Il étudia la blessure avec efficacité et sérénité.

— Faut-il appeler la police ?

Dakota acquiesça.

— Ce serait probablement une bonne idée, oui.

Le médecin le dévisagea.

— Êtes-vous son mari ?

Il corrigea.

— Non, un ami.

Compréhensif, le médecin lui indiqua :

— Vous devez attendre dehors pendant que nous la soignons.

Bailey tendit la main et prit celle de Dakota.

— Il ne peut vraiment pas rester avec moi ?

— Il y aura un peu de monde par ici, expliqua doucement le médecin. Dès que nous aurons nettoyé et recousu votre blessure, il pourra revenir.

Elle acquiesça et lâcha la main de Dakota. Il sortit et marcha jusqu'à la porte d'entrée. Il était grand temps pour lui d'appeler Levi. Il aurait dû être revenu des courses à cette heure-ci. Mais, au lieu d'être en avance, il n'était même pas sûr de rentrer aujourd'hui.

Ice décrocha. Dakota s'empressa de lui présenter la situation.

— Quoi ? ! Le maire ?

Il entendit le choc dans sa voix. Elle n'avait jamais été une grande fan des politiciens. Elle n'avait jamais eu de patience à l'égard des doubles jeux, des fourberies de leur monde. Avant tout, Ice restait un soldat. Elle se mettait en quatre pour aider ceux qui en avaient besoin.

— Qu'est-ce qu'il te reste à faire sur ta liste ?

— Attends ! Il la sortit de sa poche et lut les quatre éléments restants. Je ne suis pas sûr qu'elle soit en état de rentrer chez elle. Je peux prendre le reste puis revenir si nécessaire.

— Je peux aussi envoyer quelqu'un d'autre. Même si, nous sommes un peu à court de personnel en ce moment. Elle était distraite. Je peux aussi prendre un autre véhicule et venir transférer le matériel.

— Attends que j'entende ce que le médecin a à dire ! Si elle va bien et qu'elle peut passer la nuit à l'hôpital, ce dont je doute, je pourrais rentrer en me dépêchant. Sinon, il faudra que quelqu'un la ramène chez elle. Je ne suis pas très à l'aise à l'idée de la laisser toute seule.

— A-t-elle des amis ou de la famille pour s'occuper d'elle cette nuit ?

Il lui parla de son mari.

Ice se montra compréhensive.

— Bon, c'est simple. J'ai une clinique qui est presque toujours vide. Amène-la, nous l'installerons dans un lit, et si nous devons faire quelque chose pour elle, nous pourrons nous en occuper ici.

Dakota sourit.

— Ice, tu as un cœur en or.

— Ne le dis à personne ! le prévint-elle. Tiens-moi au courant ! Si tu peux récupérer la fin des affaires, tant mieux. Sinon, nous ferons un deuxième voyage demain.

— Très bien. Il rangea son téléphone et retourna dans la salle d'attente. Les infirmières allaient et venaient, il en arrêta finalement une pour lui demander :

— Va-t-elle passer la nuit ici ?

L'infirmière secoua la tête.

— Je ne pense pas que ce soit le cas. Les médecins n'ont pas encore fini. La plaie est propre, mais profonde. Elle devra se reposer et ne pas bouger pendant les prochains jours. Il ne faut pas qu'elle arrache les points de suture.

— Je sais où elle pourra se rétablir, annonça Dakota.

L'infirmière lui adressa un sourire radieux.

— C'est bien. Il faudra s'occuper d'elle.

Dakota approuva. Au même moment, il réalisa qu'il avait oublié de demander à Ice si elle connaissait des policiers, ici, sur lesquels ils pouvaient compter. Il n'était pas en ville depuis assez longtemps pour savoir qui étaient leurs alliés et qui ne l'étaient pas. Mais Ice le saurait. Elle avait passé les deux dernières années à cultiver leur bonne entente avec tous leurs voisins et parmi eux, il y avait un certain nombre de policiers.

Son téléphone sonna. Il retourna vers la sortie et répondit.

— Allô ?

— Ici l'inspecteur Mannford. Je viens d'avoir Ice au téléphone. Elle m'a raconté une histoire assez farfelue.

— J'ai entendu la même… Bailey a une blessure par balle dans le dos en guise de confirmation. J'ai son récit écrit de tout ce qu'elle a vu.

— Vous l'avez dans les mains ?

— Non, il est dans son sac à main. Actuellement, elle est en train d'être soignée aux urgences, vous ne pouvez donc pas lui parler pour l'instant.

— Vous la croyez ?

— Je pense que la femme que j'ai presque renversée était en état de choc, qu'elle avait subi un traumatisme important. Je lui ai offert du café et un repas chaud. Je l'ai ensuite raccompagnée chez elle. Pendant tout ce temps, elle m'a semblé un peu absente. Ce n'est que lorsque je l'ai ramenée chez elle et qu'elle m'a confié ce qu'elle avait vu, que j'ai réalisé que quelque chose de beaucoup plus grave était en train de se passer. Je lui ai enlevé son manteau avec son accord et c'est là que j'ai découvert son dos, couvert de sang.

— Merde ! Le maire ?

— Oui, c'est ce qu'elle a affirmé.

— Sait-elle, avec certitude, à quoi ressemble le maire ? Le connait-elle assez pour le reconnaître de loin ?

— Il est partout ces derniers temps, il est tout à fait normal qu'elle le connaisse. Son visage figure sur de nombreux panneaux d'affichage en ville. Sans compter qu'il a fait pression pour que son dernier projet de loi soit adopté et qu'avec la réélection qui approche, ses affiches de campagne envahissent tous les murs.

— Exact. A-t-elle décrit l'autre homme ?

— Tout ce dont elle se souvient, c'est qu'il était plus grand que le maire et que les trois hommes étaient en costume. Elle l'a vu appuyer sur la gâchette et a vu le troisième s'effondrer.

— Nous n'avons pas de cadavre. J'ai besoin de savoir où elle a vu ce qui s'est passé. Il doit forcément rester une trace de sang ou une preuve médico-légale quelconque.

— Je n'ai pas le nom de la rue. Dakota regarda le ciel bleu. Vous devez attendre et l'interroger directement. Je peux vous indiquer globalement la zone parce que je l'ai vue courir, mais j'ignore dans quelle ruelle, exactement, ça s'est passé.

— D'accord, pour combien de temps pensez-vous qu'elle en a encore ?

— Probablement une heure. Le médecin s'occupe d'elle en ce moment. Je ne sais pas s'ils lui auront administré des analgésiques. J'ignore dans quel état elle sera. Il vaut mieux que vous veniez le plus tôt possible, au cas où.

— Ou je pourrais vous retrouver demain à son appartement...

— Je la ramène au domaine. Ice pourra garder un œil sur elle là-bas.

— Elle vit seule ? demanda le détective d'une voix tranchante.

— Non seulement elle vit seule, mais en plus, elle est veuve depuis dix-huit mois. Elle est encore en train de surmonter ce chagrin.

— Des amis ? De la famille ?

— Pas que je sache.

— Il est donc facile de s'en débarrasser, peu de gens s'en plaindront. Mais il faudrait d'abord qu'ils la trouvent. Sa voix devint pensive. Le maire a beaucoup de ressources, s'il veut suivre ses mouvements… Notamment, l'accès aux caméras de surveillance du trafic. Il ne lui sera pas difficile de trouver où elle vit.

— Exactement. Elle travaille, mais j'ignore où.

— Eh bien, commençons par obtenir son nom complet.

Dakota fournit son nom complet et l'adresse de son domicile.

— Nous avons pris un café dans un petit restaurant au coin de la rue. Je crois qu'il s'appelle le Nexus Café.

— Je connais le quartier. De quelle direction venait-elle quand elle a déboulé contre votre véhicule ?

Dakota lui expliqua et ajouta :

— Je pense que cela s'est passé assez peu de temps avant. Elle n'était pas trop trempée à ce moment-là, et pourtant, il pleuvait beaucoup.

— D'accord. Je vais faire le tour de ces pâtés de maisons et voir si je trouve quelque chose, puis je viendrai à l'hôpital.

Se sentant mieux, Dakota empocha son téléphone et retourna à l'intérieur. Il s'assit dans la salle d'attente et envoya un message rapide à Saul, lui expliquant ce qui s'était passé. Saul était dans le Nord et ne recevrait probablement pas son message immédiatement. Mais il aimait être tenu au courant.

Le médecin finit par revenir et s'approcha de Dakota.

— J'ai encore de la paperasse à remplir.

— L'inspecteur Mannford est en route, annonça Dakota. Il sera à la hauteur de la situation.

Le médecin eut l'air ravi.

— Content de l'entendre. Cela aurait pu être bien pire. Si l'angle avait été légèrement différent, elle serait morte à l'heure qu'il est.

Le visage sombre, Dakota acquiesça.

— J'en avais peur. Elle est restée assise pendant tout le déjeuner sans montrer le moindre signe de douleur. Ce n'est qu'après l'avoir ramenée chez elle et avoir commencé à lui poser des questions sur ce qui s'était passé exactement, que j'ai réalisé qu'il pouvait y avoir beaucoup plus…

— L'état de choc est très puissant. Elle n'en aurait pas eu conscience jusqu'à ce qu'il commence à se dissiper. La douleur se serait alors manifestée et elle aurait souffert le martyre.

— Elle a commencé à se plaindre d'un mal dc tête.

Le médecin opina.

— Cela arrive aussi parfois. Il sortit son stylo et son ordonnancier. Je suppose que vous allez vous occuper d'elle ?

Dakota le lui confirma.

Le médecin rédigea deux ordonnances : une pour des analgésiques et une autre pour des antibiotiques. Il les remit à Dakota.

— Les deux sont nécessaires. La blessure est profonde. Elle doit voir son médecin d'ici sept à dix jours pour se faire enlever les points de suture.

Sur ce, il se retourna et s'éloigna.

Dakota rangea les deux ordonnances. Alors qu'il se dirigeait vers Bailey, un homme entra à grands pas. L'expression de son visage, son dos et ses épaules bien droits, tout indiquait à Dakota qu'il s'agissait d'un *flic*. Il se plaça devant lui et demanda :

— Inspecteur Mannford ?

Le détective lui tendit la main.

— Dakota Languor.

Les deux hommes se serrèrent la main.

— J'ai dit au docteur que vous suivrez cette affaire. Il a dit qu'il devait encore rédiger un rapport avant de le classer.

L'inspecteur Mannford répondit :

— Pas de problème. Nous allons nous en occuper. Il regarda autour de lui. Où est-elle ?

— Je suis là, déclara Bailey d'une voix faible.

Dakota se retourna et trouva Bailey, se tenant debout, prête à s'effondrer à tout moment. Il se précipita vers elle et l'enlaça d'un bras.

— Doucement.

Elle lui adressa un sourire en biais.

— L'infirmière m'a dit qu'elle m'amènerait un fauteuil roulant, mais j'ai refusé. Je peux marcher, par contre, je ne suis pas sûre de réussir à m'asseoir.

Elle fit un signe de tête à l'inspecteur, laissant tomber son regard sur le sol.

Dakota se pencha en avant et chuchota :

— On peut lui faire confiance.

Elle lui lança un regard fermé et acquiesça. Il se rendit compte qu'il ne lui suffirait pas de l'entendre pour qu'elle le croie. C'est ainsi que les choses devaient être. Elle devait prendre ses propres décisions quant à sa sécurité.

L'inspecteur l'étudia attentivement.

— Pouvez-vous répondre à quelques questions ? J'ai déjà entendu l'essentiel du récit de la part de Dakota.

— Si c'est rapide, précisa-t-elle. Je veux rentrer chez moi et m'allonger.

Dakota resta silencieux. Ce n'était pas le moment de lui annoncer qu'elle ne retournerait pas chez elle.

— J'ai besoin de connaître l'endroit précis où la fusillade a eu lieu.

Elle ferma les yeux et décrivit le lieu où elle se trouvait et ce qu'elle avait vu. Dakota regardait l'inspecteur prendre des notes. Enfin, il rangea son bloc.

— Je vous contacterai demain pour voir si vous vous souvenez d'autre chose.

Bailey sourit et acquiesça.

Dakota en profita pour l'entraîner doucement vers la sortie et le SUV.

— Nous devons aller chercher des médicaments avec ces ordonnances.

— Il y a une petite pharmacie au coin de la rue où j'ai un compte, déclara-t-elle.

Il opina. Lorsqu'elle fut bien attachée, son dos se raidit et elle se pencha en avant. *Ça doit faire mal*, pensa-t-il. Il conduisit prudemment jusqu'à la pharmacie.

— Il faut que j'entre aussi. Ils ne délivrent pas les médicaments à n'importe qui.

— Si vous pensez pouvoir le faire. Il l'aida à descendre du véhicule et l'accompagna lentement à l'intérieur.

Lorsqu'ils arrivèrent au comptoir, la pharmacienne leva les yeux et sourit.

— Bailey, de toute évidence, vous n'avez pas eu une bonne journée.

Bailey confirma doucement.

— Non, mais ça ira. Elle s'acquitta des médicaments et Dakota la raccompagna jusqu'au 4x4. Elle murmura :

— Merci d'avoir fait tout ça. Tout ce que je veux maintenant, c'est aller me coucher.

Il lui tendit une bouteille d'eau et lui montra ses pilules. Après qu'elle en eut pris une, il lui expliqua :

— Malheureusement, j'ai de mauvaises nouvelles pour vous. Vous ne rentrerez pas chez vous ce soir. Je vous emmène là où je vis. Sur place se trouvent plusieurs membres du corps médical, hautement qualifiés, qui s'occuperont de vous.

Elle le fixa et chuchota :

— S'il vous plaît, non. Je ne veux pas d'étrangers autour de moi en ce moment.

— Je comprends. Vous avez été seule pendant long-temps. Mais maintenant, vous ne pouvez pas rester seule et malheureusement, je dois encore faire quelques arrêts avant de quitter la ville.

Bailey gémit et se cala contre le siège. Dakota se pencha au-dessus d'elle et appuya sur deux boutons du siège, pour qu'elle puisse s'incliner davantage. Elle s'installa en poussant un léger cri, puis ne prononça plus un seul mot.

Il effectua rapidement les quatre arrêts suivants. À chaque fois, elle bougea à peine. Au dernier, après avoir chargé le reste des provisions, il appela Ice.

— J'ai fini. Bailey est avec moi. Nous sommes sur le chemin du retour.

— C'est bien. Sa chambre est prête.

# Chapitre 3

BAILEY SE RÉVEILLA lorsque le léger mouvement de roulis cessa, avant que le véhicule ne s'arrête doucement. Dakota leva le pied de l'accélérateur et laissa le véhicule rouler vers l'avant. Elle tenta de se redresser et poussa un cri de douleur. Dans un sursaut, elle s'effondra à nouveau. Elle resta allongée, prenant plusieurs inspirations profondes.

— Calme-toi ! Nous sommes arrivés chez moi.

— Je ne te connais même pas, murmura-t-elle. Tu ne me connais pas. Pourquoi tu t'occupes de moi ?

Dans les recoins sombres de son esprit, elle pensait qu'il était peut-être en train de faire quelque chose qui n'était pas dans son intérêt. Elle envisagea brièvement l'idée avant de la rejeter. Elle savait que cet homme n'était ni un violeur ni un tueur en série. Il n'avait fait qu'essayer de s'occuper d'elle.

Ouvrant suffisamment les yeux pour s'adapter à l'obscurité qui l'entourait, elle attendit que Dakota contourne le véhicule et ouvre sa portière. Des mains douces détachèrent sa ceinture de sécurité. Avec son aide, elle fit pivoter ses jambes et se laissa glisser jusqu'au sol. Le simple fait de poser son poids sur ses talons envoya des ondes de choc le long de sa colonne vertébrale, la douleur se propagea dans tout son organisme.

— Je pense que j'aurais besoin d'un autre analgésique maintenant.

— Tu vas en prendre un très rapidement, lui répondit-il.

Elle entendit de nombreuses voix tandis que les portes s'ouvraient et qu'un flot d'hommes et de femmes sortait du bâtiment. Bailey leva les yeux vers ce qui semblait être une construction massive en ciment.

— C'est chez toi ? Cela ne ressemble pas à une maison. Cela ressemble à… un domaine résidentiel. Elle regarda le grillage d'un mètre quatre-vingt-dix… un mètre quatre-vingt-dix… peut-être même deux mètres qui entourait la propriété. C'est clôturé.

— C'est nécessaire, rétorqua-t-il joyeusement. Ne t'inquiète pas ! C'est bien chez moi. Du moins en partie. Il jeta ses clés à quelqu'un. Levi, l'arrière est plein. J'ai réussi à récupérer tout ce qu'il y avait sur la liste.

Levi fit le tour, appuyant sur des boutons pour déverrouiller le véhicule au fur et à mesure que les gens le déchargeaient. Levi se posta devant Bailey, le regard circonspect, prudent.

Elle lui offrit un sourire.

— J'ai essayé de me disputer avec Dakota pour qu'il ne m'emmène pas ici.

— Il a eu raison de vous amener ici, affirma doucement son interlocuteur. Je m'appelle Levi.

Une femme étonnante s'avança à ses côtés.

— Et moi, je m'appelle Ice. Rentrons, que tu puisses t'allonger !

La seule idée de s'allonger, d'échapper à cette souffrance terrible, lui faisait monter les larmes aux yeux. Avec l'aide de Dakota, elle s'éloigna du véhicule et se dirigea lentement vers l'entrée, tandis que la foule chargée de cartons et de sacs disparaissait. À l'intérieur, elle se rendit compte qu'ils se trouvaient au rez-de-chaussée d'une maison incroyablement grande. De magnifiques sols en pierre et ce qui semblait être des murs en briques l'accueillirent. Sur la gauche, il y avait une immense salle à manger avec une table qui semblait interminable.

— Je n'ose pas imaginer la taille de la cuisine ni le nombre d'employés que vous devez avoir pour tenir cette maisonnée ! marmonna-t-elle.

Ice tendit la main et caressa doucement son bras.

— Heureusement, ça se gère très bien tout seul.

Ils s'arrêtèrent devant un ascenseur. Bailey dévisagea Ice.

— Il y a quelque chose d'anormal dans le fait qu'un ascenseur se trouve à l'intérieur d'une maison.

— Mais, dans ton cas, c'est une bonne chose, commenta Dakota d'un ton enjoué. Cela nous évite de t'aider à monter et à descendre les marches.

Bailey grimaça.

— Bien vu. Elle savait que son énergie diminuait, elle n'avait pas bien réalisé à quelle vitesse. Elle avait désespérément envie de s'allonger. L'ascenseur s'ouvrit. C'est presque comme l'intérieur d'un château.

Elle ne s'était pas rendu compte qu'elle avait parlé à voix haute jusqu'à ce qu'Ice rectifie :

— Pas tout à fait comme un château. Mais comme un immense manoir, oui.

Sortant de l'ascenseur, ils empruntèrent de petits couloirs jusqu'à ce qu'Ice s'avance devant eux et ouvre une porte. Elle regarda Dakota et dit :

— Installons-la ici !

Bailey entra et découvrit l'une des chambres les plus élégantes et les plus confortables qu'elle ait jamais vues. Son regard se posa sur le lit et elle gémit.

— J'espère que je vais pouvoir m'y allonger dès maintenant.

Ice s'approcha et ouvrit les couvertures.

— Je suis tout à fait d'accord avec toi. Dakota m'a dit qu'il n'avait pas eu l'occasion de retourner à ton appartement pour prendre des vêtements, alors nous avons mis quelque chose de simple ici pour que tu puisses dormir cette la nuit. J'ai aussi des serviettes pour toi. Mais, avant toute chose, nous allons t'aider à te mettre au lit pour que tu puisses te reposer !

Dakota lui serra la main.

— Laisse-moi m'occuper des ordonnances pendant qu'Ice t'aide à t'installer !

Bailey le regarda sortir de la chambre, avec un sentiment de perte.

Ice lui tapota doucement la main.

— Viens, on va te mettre au lit !

Avec l'aide d'Ice, elle se mit en sous-vêtements et enfila l'immense T-shirt d'homme, qui, certes, lui tombait aux genoux mais qui, surtout, était doux contre sa blessure. Ice tenant les couvertures, Bailey se glissa dans le lit précautionneusement en se couchant lentement sur le côté, posa sa tête contre l'oreiller et passa ses jambes sous la couette.

Elle gémit dès que sa tête toucha l'oreiller moelleux et murmura :

— Merci. Je vous suis infiniment reconnaissante d'être là, en ce moment.

— Cela va aller. Mais, attention, demain ne sera pas facile.

— C'est vrai. Les choses sont toujours pires le deuxième jour, chuchota Bailey, les yeux fermés.

— Souvent, en effet. Je crois que j'entends Dakota arriver. Ice se dirigea vers la porte et sortit dans le couloir.

Bailey l'entendit remonter en direction de l'escalier. Elle perçut des voix étouffées.

Dakota entra dans la chambre.

— Ne t'endors pas tout de suite ! Tu dois prendre tes médicaments.

La seule idée d'avoir à se rasseoir suffit à la faire pleurer. Pourtant, elle avait résisté jusqu'ici alors, bon sang, elle arriverait à tenir encore. Elle s'appuya lentement sur ses coudes, et avec l'aide de Dakota, prit les pilules et les avala docilement, comme un enfant. Elle lui rendit le verre et murmura :

— Merci.

Elle s'effondra à nouveau et laissa ses yeux se fermer.

— Maintenant, dors ! Je viendrai te voir dans une heure pour m'assurer que tout va bien.

Bailey hocha la tête, même si le mouvement était probablement à peine perceptible vu le peu d'effort qu'elle y mit. Elle sentait déjà le sommeil lui tendre les bras. Elle était si reconnaissante. La dernière chose qu'elle entendit alors qu'elle s'endormait fut Dakota dire à Ice : « Je vais monter la garde. »

Cela la troubla, elle ne comprenait pas pourquoi quelqu'un devrait avoir à faire ça. Peu importait finalement, se dit Bailey en sombrant.

EN BAS, C'ÉTAIT le chaos organisé habituel, le 4x4 avait été vidé de son lourd chargement. Plusieurs femmes aidaient Alfred à ranger l'énorme commande d'épicerie que Dakota avait ramenée, dans la cuisine. Il ne s'agissait même pas de viande ou de légumes frais. Il ne s'agissait que de réserves.

Dakota traversa la salle à manger jusqu'à la cafetière et se servit. Il s'appuya quelques instants contre le buffet. Il ne devait pas s'attarder. Il devait retourner aux côtés de Bailey.

— Elle ira bien pendant un petit moment, lui assura Ice.

— Le camion est déchargé, déclara Levi. Asseyons-nous, tu pourras nous relater ce qui s'est passé !

Dakota tira une chaise et s'assit, sa tasse de café à la main.

— Je ne sais pas grand-chose. Je vais vous raconter ce que je sais. Il commença par décrire la pluie torrentielle et l'apparition soudaine de Bailey devant lui sur la route. Bien sûr, je suis sorti pour voir ce qui s'était passé. Elle est restée là un moment, me parlant normalement, puis elle s'est enfuie. Je lui ai couru après. Il poursuivit jusqu'à la consultation à l'hôpital, parlant du médecin, puis de l'arrivée de l'inspecteur Mannford. Ensuite, je l'ai ramenée ici comme prévu. Il jeta un coup d'œil à Ice et sourit. Merci, d'ailleurs. Je ne savais pas trop quoi faire d'elle.

— Bailey peut rester quelques jours ici, jusqu'à ce qu'elle soit à nouveau capable de s'occuper d'elle-même, déclara Ice avec fermeté. Tu pourras aller lui chercher des vêtements dans son appartement plus tard.

Dakota acquiesça.

— D'accord. Je lui demanderai une liste de ce qu'elle aimerait récupérer.

— Entre-temps, l'inspecteur Mannford assurera le suivi des rapports de l'hôpital et des informations qu'elle lui a fournies.

— J'ai l'impression que je devrais l'appeler. Il a quitté l'hôpital en même temps que nous. Il aurait donc dû avoir le temps de se rendre dans la ruelle et d'y jeter un coup d'œil.

— Avec les fortes pluies, la plupart des preuves auront probablement été compromises.

Il s'affaissa dans son fauteuil.

— J'aurais dû y penser. J'espérais qu'une mare de sang se trouverait quelque part sur la route et que des preuves médico-légales viendraient étayer son histoire.

— Tu doutes de son récit ? le questionna Ice.

— Non, je ne doute pas du fait qu'elle croit que c'est la vérité. Quant à savoir si c'est vraiment la vérité, je ne sais pas. Je n'ai pas vu ce qu'elle a vu. Je n'ai pas entendu ce qu'elle a entendu. Et je n'ai certainement pas payé le prix pour avoir été au mauvais endroit au mauvais moment.

Alfred entra à ce moment-là.

— Tout le monde a déjà mangé. Veux-tu une assiette ?

Dakota le fixa, puis répondit :

— Merci, Alfred. J'apprécierais beaucoup, oui.

Alfred disparut dans la cuisine. Plusieurs membres de leur grande famille recomposée se rassemblèrent alors autour de la table à manger, intéressés par les aventures de Dakota.

— Nous avons tous entendu, plus ou moins, une version de cette histoire, mais des détails nous manquent, déclara Sienna.

Dakota ricana.

— Eh bien, nous en sommes tous là. Apparemment, Bailey a été témoin d'un meurtre. Après quoi, on lui a tiré dessus alors qu'elle s'enfuyait. Elle n'a réalisé ce qui s'était passé que plus tard.

— C'est un angle étrange pour se faire tirer dessus en s'enfuyant, déclara Merk.

Dakota opina.

— Elle a trébuché, s'est presque effondrée et s'est fait mal au genou. J'imagine que c'est à ce moment-là que la balle a raclé sa colonne vertébrale.

Merk siffla.

— Si elle avait été debout, elle aurait été fichue !

— Exactement. Elle n'était pas destinée à survivre.

— Donc, on doit s'attendre à des problèmes ? demanda Sienna.

Sa voix ne laissait transparaître aucune crainte ni aucune inquiétude. Elle vivait là depuis plus longtemps que Dakota et était bien installée. Il connaissait l'histoire de son arrivée et il savait qu'elle comprendrait le besoin de Bailey d'avoir un havre de paix.

— Je ne sais pas, répondit-il. Il faudrait que quelqu'un sache qu'elle était avec moi. Que ce quelqu'un sache également qui je suis. Il faudrait qu'il trouve notre véhicule, qu'il relève la plaque d'immatriculation puis qu'il nous suive jusqu'au domaine. Dakota reprit son café et réfléchit à tout ce qui s'était passé. Il serait facile de retrouver notre véhicule, mais je ne *pense* pas *que* quelqu'un nous ait suivis.

Levi acquiesça.

— Cela dit, nous ne prendrons aucun risque. L'enceinte est fermée jusqu'à nouvel ordre.

Dakota jeta un coup d'œil à tous les visages des personnes qui étaient devenues si proches et si chères à ses yeux en si peu de temps.

— J'apprécie vraiment que vous l'aidiez.

— Il n'y a aucune raison pour que nous ne le fassions pas. Secourir, c'est notre mission, déclara Levi. Certes, je ne suis pas sûr que ce soit ce que nous voulions faire, mais aider les gens, c'est ce que nous faisons.

Ice s'approcha et glissa sa main dans celle de Levi.

Dakota les regardait et souriait. C'est ce qu'il désirait. Il voulait savoir qu'il partageait le même état d'esprit que sa moitié. Il voulait être compris pleinement. Il souhaitait ne pas avoir besoin de mots pour savoir qu'ils étaient d'accord.

Il n'avait pas envie d'un paillasson, il ne voulait certainement pas d'une personne qui accepte tout. Il rêvait de quelqu'un qui discute avec lui, mais aussi de quelqu'un avec qui, lorsqu'il s'agissait de valeurs et de questions fondamentales, il serait du même côté. C'était exactement ce qu'avaient trouvé de nombreuses personnes ici.

Avant son arrivée, on s'était moqué de lui à propos de *Legendary Security*. Il avait fait l'objet d'une plaisanterie à propos d'une affaire d'entremetteurs. Vivre parmi tous ces couples était tellement étrange. Levi et Ice n'avaient pas seulement créé une entreprise, ils avaient formé une famille. C'était quelque chose dont Dakota ne s'attendait pas à faire partie. Mais maintenant que c'était le cas, il ne voulait rien faire qui puisse la compromettre.

— Est-ce que je peux rester sur le domaine quelques jours ? demanda-t-il à Levi. Ou dois-je partir en mission ?

— Ton travail consiste à t'occuper de Bailey. Jusqu'à ce que nous arrivions à la fin de cette histoire et que nous découvrions ce que notre illustre maire est en train de faire, répliqua Levi sur un ton sarcastique. Pour ça, tu dois rester ici.

# Chapitre 4

B AILEY OUVRIT LES yeux, se sentant en surchauffe, ce qui l'obligea à repousser les couvertures. Pour se mettre à crier de douleur. Chaque mouvement lui faisait mal. Lorsqu'elle se retourna, son mal de dos reprit de plus belle. Les analgésiques l'avaient aidée, elle espérait que les antibiotiques régleraient les autres problèmes. La dernière chose qu'elle voulait, c'était une infection, associée à de la fièvre, à cause de sa blessure.

Si elle avait su qu'elle se ferait tirer dessus, elle aurait changé de tenue, se dit-elle. Sur cette note légèrement humoristique, elle essaya de se redresser, s'aidant de la tête de lit pour maintenir son dos droit. Elle y parvint enfin, haletant de douleur. Elle s'assit et regarda autour d'elle, heureuse de constater que le décor ressemblait bien à celui d'une maison et non à celui d'un hôtel. Une salle de bains se trouvait juste devant elle. Le seul problème consistait à l'atteindre.

Compte tenu de son état de faiblesse, elle s'agrippa à la tête de lit pour se redresser, puis en s'appuyant sur le mur, se dirigea lentement vers la salle de bains.

Après avoir utilisé les toilettes, elle grimaça en découvrant son reflet dans le miroir. Ses cheveux étaient un cauchemar. Elle essaya rapidement de les lisser. Elle avait l'air fatiguée, mais elle ne pouvait pas y faire grand-chose.

Ne connaissant pas les règles de la maison, elle ne savait pas si elle devait attendre ici ou descendre. Cela ne la dérangeait pas de rester dans sa chambre, mais ce n'était pas très poli.

Déterminée à ne pas faire regretter à quiconque de l'avoir aidée, elle attrapa lentement un peignoir et le plaça sur ses épaules. Elle inspira profondément, attendant que la douleur se dissipe. Elle pourrait, au moins, dire bonjour et revenir ensuite. Elle ouvrit la porte et sortit dans le couloir.

Elle n'avait ni son sac à main ni son téléphone portable, elle n'avait donc aucune idée de l'heure qu'il était. Elle tourna au coin et s'engagea dans un couloir plus large. Elle s'émerveilla devant l'architecture de cet immense espace, il possédait beaucoup d'éléments de château médiéval. En voyant l'ascenseur, elle sourit. *Je me souviens de lui.* Elle entra et lut les chiffres.

Elle appuya sur le bouton du rez-de-chaussée et attendit qu'il l'emmène. Lorsque la porte s'ouvrit, elle ne savait pas trop où aller. Du bruit venait de sa droite. Elle se dirigea lentement vers le brouhaha, tourna, encore une fois, à droite et se retrouva dans une immense cuisine.

Un homme d'un certain âge préparait une assiette de nourriture. Il leva les yeux, surpris. Il se précipita immédiatement vers elle.

— Vous êtes sûre que vous devriez être debout ?

Bailey lui tendit la main.

— Je me sens beaucoup mieux. Je pense que c'est dû aux analgésiques, avoua-t-elle.

Il sourit, passa son bras dans le sien et lui dit doucement :

— Je m'appelle Alfred. Venez, je vais vous emmener voir Dakota !

Il l'accompagna lentement dans la salle à manger bruyante. Elle ne reconnut personne.

Alfred se racla la gorge et le silence se fit. Tout le monde se tourna vers elle. Elle recula, mais Alfred lui tapota la main.

— Ne vous inquiétez pas ! Vous vous intégrerez parfaitement, ma chère. Tout le monde, voici Bailey ! Elle est réveillée et debout, même si elle ne devrait probablement pas l'être.

Dakota se leva d'un bond de l'autre côté de la table et se dirigea vers elle. Elle fut soulagée de le voir.

— Te voilà ! s'écria-t-il.

Il passa prudemment un bras autour de ses épaules pour la soutenir.

— Je pensais que tu dormirais encore pendant des heures !

Elle sourit.

— Même si j'aimerais me rendormir, je suis réveillée. Je ne savais pas si je devais rester dans ma chambre ou venir te retrouver, confessa-t-elle.

— Tu n'as pas à t'inquiéter à ce sujet. J'avais prévu de venir te voir dans un petit moment.

Ice se leva. Son regard se porta sur Bailey, évaluant son état de la tête aux pieds.

Bailey sourit.

— Aurais-tu une formation médicale par hasard ?

— Je suis qualifiée dans quantité de domaines, mais d'une certaine façon, oui, aussi dans celui-là.

Dakota lui fit lentement faire le tour de la table puis la fit asseoir à ses côtés.

— C'est la plus grande table que j'aie jamais vue de ma vie !

— C'est parce qu'il s'agit de quatre tables mises ensemble, déclara Levi.

Bailey reconnaissait quelques visages maintenant, mais les autres étaient tous flous depuis que Dakota l'avait amenée ici.

— Je suis désolée. Je ne me souviens pas de la plupart d'entre vous.

— Mais comment ça ?! plaisanta-t-il. Rassure-toi, ils n'étaient pas tous là quand tu es arrivée.

Assise, son dos allait mieux. Elle lui adressa un sourire de remerciement et jeta un coup d'œil à la table remplie de visages étrangers.

— Merci pour ce havre de paix. Je m'appelle Bailey Hoskins, annonça-t-elle plus formellement.

Dakota fit les présentations. Les noms défilaient rapidement et Bailey savait qu'elle ne se souviendrait jamais de tous.

— Il me faudra du temps pour me souvenir de chacun de vos prénoms, reconnut-elle.

— Pas de précipitation, rétorqua une femme à l'autre bout de la salle. Le temps que vous nous mémorisiez, le reste de notre équipe sera de retour et vous serez à nouveau désorientée. Nous ne sommes que la moitié pour l'instant.

Bailey savait que sa surprise se lisait sur son visage lorsque les autres s'esclaffèrent.

— Waouh ! Elle se tourna vers Dakota. Tu m'as dit que tu travaillais pour une société de sécurité ?

Il acquiesça et lui indiqua Ice et Levi.

— C'est leur entreprise.

Bailey regarda le duo et sourit.

— C'est donc vous que je dois remercier pour votre aide.

Ice dit fermement :

— Inutile. L'essentiel, c'est que tu te rétablisses.

— Bien sûr.

— J'aimerais vraiment savoir si tu es absolument sûre de toi. Le maire était impliqué dans cette fusillade ? l'interrogea Levi en se penchant en avant. Ce n'est pas la personne que je préfère, alors je ne serais pas trop contrarié si c'était le cas.

Elle grimaça.

— C'était bien lui. J'ai vu son visage distinctement.

Levi l'étudia un long moment, puis acquiesça.

— C'est suffisant pour moi. Il se tourna vers Ice. Un autre régime va tomber.

Ice s'esclaffa.

— Ce n'est qu'un mini-régime !

— Cela me manque presque. Renverser des gouvernements, c'est beaucoup de travail, mais c'est marrant.

Bailey écoutait leurs échanges, ne sachant pas s'ils plaisantaient ou s'ils étaient sérieux. Elle pensait que c'était un peu des deux.

Alfred arriva avec une assiette pour Dakota. Dès qu'il la posa, il se tourna vers Bailey.

— Puis-je vous offrir la même chose ?

Elle regarda le rôti de bœuf, la sauce et les légumes. Elle en avait l'eau à la bouche.

— Oui, s'il vous plaît, s'il vous en reste.

Dakota éclata de rire.

— S'il y a bien une chose qu'Alfred aime, c'est nourrir les gens. Ce n'est pas un problème pour lui d'avoir à te préparer quelque chose de frais.

Bailey murmura :

— Vous avez de la chance de l'avoir !

Dakota se pencha en arrière et l'approuva :

— Nous le savons.

Elle sourit.

— Des nouvelles de l'inspecteur Mannford ?

Ice secoua la tête.

— Pas encore. Je devrais quand même lui passer un petit coup de fil. Elle se leva d'un bond et disparut. Ses mouvements étaient rapides, précis et efficaces.

Cela surprit Bailey.

— Je ne voulais pas dire qu'elle devait l'appeler immédiatement !

— Il vaut toujours mieux faire maintenant ce que l'on peut faire maintenant, plutôt que de le remettre à plus tard, affirma Levi.

Alfred revint quelques instants après. Alors qu'il posait les plats devant elle, Ice revint.

— L'inspecteur Mannford a dit qu'il n'y avait ni signes visibles ni preuves à l'endroit que tu as indiqué. Il n'a trouvé aucune trace de corps ou d'une mare de sang.

— Évidemment. Bailey fronça les sourcils, détestant que l'on puisse penser qu'elle avait tout inventé. Pourquoi s'était-elle attendue à ce que tout soit facile ? Elle avait simplement supposé que les preuves médico-légales seraient laissées sur place, comme dans les émissions de télévision. Je suppose qu'il n'a pas non plus trouvé de douilles ?

— Il a stipulé qu'il faisait trop sombre pour qu'il puisse en dire plus, qu'il reviendrait dans la matinée. Il espère que les flaques d'eau se seront suffisamment asséchées pour qu'il puisse rechercher des douilles ou d'autres indices laissés sur place. Il veut y retourner avant que le tueur ne pense à effacer lui-même les indices.

Bailey acquiesça. Elle coupa le rôti de bœuf, en prit une bouchée et faillit pousser un gémissement de joie.

— Oh, waouh ! J'espère que vous payez Alfred très cher. Il en vaut chaque centime.

Levi sourit et admit :

— Nous serions perdus sans lui.

Dakota la surveillait de près et pouvait voir qu'elle essayait de ne pas lui montrer son inconfort. De temps en temps, elle changeait de position et il pouvait lire la douleur s'afficher sur son visage. Après être restée assise pendant une bonne heure, la fatigue la tiraillait. Rien de tel qu'un estomac rempli pour lui donner envie de se rendormir.

Dakota se rapprocha et chuchota :

— Es-tu prête à retourner t'allonger ?

Elle lui adressa un sourire en biais.

— Oui. Je crois que je suis prête à m'endormir, de nouveau.

— Je vais raccompagner Bailey dans sa chambre, annonça Dakota en se levant. Ton sac à main est là, sur le buffet. Nous allons le monter avec nous.

Lui donnant le bras, il attendit qu'elle se lève. Il savait que son dos devait la faire souffrir, même si l'analgésique devait l'aider. Il jeta un coup d'œil à Ice.

— Il faut vérifier son bandage.

Ice se leva d'un bond.

— Emmenons-la à la clinique ! Nous changerons son pansement pour qu'elle puisse aller se coucher.

— Clinique ?

Se déplaçant lentement aux côtés de Dakota, elle s'appuya sur son bras pour marcher, son dos palpitant à chaque pas.

— Nous disposons d'une clinique complète ici. Ice est infirmière, son père est médecin. Il possède une clinique privée en Californie. Elle a suivi de nombreuses formations, même si elle n'est pas une infirmière diplômée.

Bailey secoua la tête.

— Waouh ! J'ai vraiment percuté le bon véhicule, semble-t-il.

— Je crois que c'est moi qui t'ai heurtée, la corrigea-t-il. Pas l'inverse. J'ai encore des flashbacks cauchemardesques à ce sujet.

Elle lui serra le bras.

— Ce n'est pas la peine. J'en ai assez pour deux.

Dakota la regarda pour vérifier si elle était sérieuse et se rendit compte que c'était bien le cas. Elle avait vu un homme se faire assassiner, s'était enfuie pour sauver sa vie, s'était fait renverser par un véhicule et avait découvert, après coup, qu'elle avait été blessée par balle. Elle ferait des cauchemars pour le reste de sa vie.

À l'entrée de la clinique, ils s'arrêtèrent pour que Bailey puisse observer l'endroit. Lentement, elle tourna sur elle-même.

— Oh, mon Dieu, on se croirait dans un hôpital !

Ice se retourna et scruta Bailey.

Dakota sourit. Il n'avait pas réalisé à quel point Ice était fière de cet espace. Cela se constatait dans chaque trait de son visage.

— Il a fallu beaucoup de temps, beaucoup d'efforts pour que tout soit comme nous le souhaitions, explique-t-elle. Les deux premiers mois, nous avons même eu un médecin avec nous pour nous aider à mettre en place les choses correcte-ment. Malheureusement, cette clinique a été baptisée plusieurs fois.

— Quelqu'un est mort ici ? demanda Bailey à voix basse.

— Aucun de nos hommes n'est décédé ici. Des guérille-ros mexicains s'en sont pris à plusieurs d'entre nous sur le domaine. Ils n'ont pas eu autant de chance. Elle se dirigea vers le premier lit. Monte ici !

— Bien. Bailey se dirigea en titubant vers le lit indiqué par Ice.

— Enlève ton peignoir, donne-le à Dakota, ensuite on s'occupera de ton dos !

Dakota se plaça devant Bailey, pour qu'Ice puisse l'ausculter, bien sûr, mais aussi pour que Bailey ne se sente pas exposée quand Ice vérifierait sa blessure.

Elle lui tendit le peignoir et se débattit pour s'allonger sur le lit propre, ses mains le long de son corps. Ice souleva doucement, jusqu'au milieu de son dos, l'immense T-shirt, qui lui servait de chemise de nuit. Elle utilisa une couverture pour couvrir les jambes et les hanches de Bailey.

D'un geste efficace, Ice enleva le bandage.

— C'est une sacrée brûlure.

Bailey releva la tête et fronça les sourcils.

— Une brûlure ?

— C'est ce qu'on dit quand la balle passe à travers le bord de la peau et brûle le tissu, expliqua Ice. Ce n'est qu'une blessure superficielle par rapport à ce que la balle aurait pu faire.

Alors qu'elle était allongée, les doux soins d'Ice la rafraîchissaient et l'apaisaient. Ice nettoya soigneusement la plaie, posa un nouveau pansement et le fixa avec du sparadrap avant d'abaisser la chemise de nuit improvisée de Bailey.

— Voilà, c'est fini !

Bailey se déplaça lentement pour se redresser. Elle sourit à Ice.

— Je n'ai presque rien senti !

Ice gloussa.

— Eh bien, j'ai fait doucement avec toi. Mais avec le reste de ces gars, je suis plutôt dure.

Dakota leva les yeux au ciel.

— La glace est douce à l'intérieur.

Bailey glissa doucement du bord du lit jusqu'au sol.

— La blessure est grande comment ?

— Environ 15 cm. Je n'ai pas compté les points de suture, mais il y en a pas mal.

— En d'autres termes, une grande cicatrice ?

Ice haussa les épaules.

— Il y aura une cicatrice, c'est sûr. Elle ne sera pas forcément très grande. Tout dépendra de ta capacité à guérir. Ici, les cicatrices sont des blessures de guerre. Nous en avons tous, bien plus que nous ne voulons le montrer et elles s'accompagnent toutes de mauvais souvenirs. Maintenant, tu en as une, toi aussi.

Cela dit, elle tapota l'épaule de Dakota et lui confia :

— Veille à ce qu'elle aille au lit en toute sécurité ! Puis elle fit demi-tour et sortit.

Guidée par Dakota, Bailey se dirigea vers l'ascenseur pour regagner le deuxième étage.

— Cet endroit est incroyable.

Dakota sourit.

— C'est assez fou, oui. Je ne suis pas là depuis très longtemps, non plus. Mais, maintenant, j'arrive à me repérer. Cela dit, c'était la première fois que je devais me rendre à la clinique.

— C'est chouette de savoir que tu n'as pas été blessé, au point d'avoir besoin de soins médicaux.

Il acquiesça doucement.

— Ice était sincère quand elle a dit que le domaine avait été attaqué. C'est arrivé plusieurs fois.

Bailey secoua la tête.

— C'est difficile à imaginer. Mais de tous les endroits où j'aurai pu atterrir, celui-ci est probablement l'un des meilleurs.

— C'est exactement pour cela que je t'ai fait venir ici. Ice et Levi ont d'excellents contacts dans le monde des forces de l'ordre. Pas seulement à Houston, mais dans tout le pays. Y compris parmi le FBI et les Texas Rangers.

— Waouh ! Merci beaucoup de m'avoir percutée, alors. Elle lui lança un regard amusé.

Dakota éclata de rire.

— De toute ma vie, je n'aurais jamais cru entendre cette phrase !

Ils arrivèrent devant sa porte. Il s'avança, l'ouvrit, alluma et la tint ouverte pour que Bailey puisse entrer. Elle fixa le lit.

— Je dois d'abord aller aux toilettes. Ensuite, je m'installerai pour la nuit. Alors qu'elle se dirigeait vers la salle de bains, elle se tourna vers lui. Je vais me débrouiller maintenant. Tu n'as pas besoin de veiller.

Dakota croisa les bras et s'appuya contre le chambranle, sans dire un mot. Bailey leva les yeux au ciel.

— Je suppose que ça veut dire que tu vas attendre ? Elle secoua la tête sans attendre de voir ou d'entendre la réponse et se dirigea vers la salle de bains. Elle ferma silencieusement la porte. Elle avait vraiment envie de prendre une douche, mais elle savait que ce n'était pas possible avec le bandage qu'elle avait dans le dos.

Une brosse à dents toute neuve et un petit tube de dentifrice l'attendaient. Elle sourit. Ice avait pensé à tout.

Un gant de toilette plié se trouvait également sur le côté. Elle s'en servit pour se laver les mains et le visage puis se brossa les dents. Lorsqu'elle eut terminé, elle ouvrit la porte et se dirigea vers le lit.

Elle ne l'avait pas fait quand elle était sortie plus tôt, mais, pendant qu'elle était dans la salle de bains, Dakota avait dû retaper la literie et retourner les couvertures pour qu'elle puisse s'y glisser plus facilement. Elle se plaça à côté du lit et laissa tomber le peignoir de ses épaules. Elle aurait dû le lui tendre, mais il était trop tard. Il s'approcha et lui tint le bras. Elle se laissa lentement descendre sur le matelas.

Lorsqu'elle fut enfin à plat ventre, il tira les couvertures sur elle. Il saisit le peignoir et l'accrocha à un crochet au dos de la porte.

— Tu ferais une excellente baby-sitter, murmura-t-elle.

— Non, pas du tout, affirma-t-il en sortant

— Bonne nuit, dit-elle. Et merci d'avoir pris soin de moi.

— Bonne nuit ! Sur le seuil, il hésita, se retourna, puis demanda : veux-tu que la porte soit ouverte ou fermée ?

Elle réfléchit un instant, puis chuchota :

— Fermée, s'il te plaît.

La dernière chose qu'elle entendit fut le léger *clic* de l'enclenchement du loquet. Elle sourit. Elle n'avait aucune idée de la façon dont elle avait eu cette chance, mais elle en était sacrément reconnaissante. Elle ferma les yeux et se laissa sombrer dans le sommeil.

DAKOTA REDESCENDIT L'ESCALIER. La journée avait été longue, à bien des égards. Il était agité et avait envie de discuter des événements avec ses amis. Il trouva Ice et Levi assis à l'une des petites tables de la cuisine. Ils levèrent les yeux vers lui lorsqu'il entra.

— Bailey est presque endormie, annonça-t-il en s'appuyant sur le comptoir. Il les considéra tous les deux. Je ne suis pas sûr de pouvoir dormir cette nuit.

Levi acquiesça.

— Les cauchemars sont une chose à laquelle nous sommes tous habitués.

— Des nouvelles de l'inspecteur Mannford ?

— Non, pas depuis que je l'ai appelé. On n'aura pas de nouvelles informations avant demain matin, précisa Ice.

Il opina.

— Je vais effectuer des recherches sur le maire et sur les gens avec qui il est en relation d'affaires. Peut-être que si nous pouvons trouver quelques visages à montrer à Bailey demain, cela lui rafraîchira la mémoire.

— C'est une bonne idée, commenta Levi. N'oublie pas d'effectuer des recherches sur elle également. Je ne doute pas que cela lui soit arrivé aujourd'hui, mais tu ne sais pas encore tout à fait qui elle est.

Dakota acquiesça.

— Je suis assez sûr de ce que je connais d'elle. Cependant, nous le savons, l'information, c'est le pouvoir, alors je ferai preuve d'une diligence raisonnable dans ce domaine aussi.

— A-t-elle un véhicule ? demanda Ice.

Il haussa les épaules.

— Je ne sais pas. Elle courait quand je l'ai percutée et elle n'était qu'à quelques rues de son appartement. Il fronça les sourcils en regardant Ice. Pourquoi ?

— Je me demandais juste s'il était nécessaire de le rapatrier.

Il était soulagé qu'elle y pense, car il n'y avait pas songé.

— Il vaut mieux qu'il reste là où il est, surtout s'il est près de son appartement. Le surveiller, c'est épuiser leurs effectifs et les laisser dans l'expectative. Je lui poserai la question plus tard. Dakota se dirigea vers la porte. Je vais aller dans ma chambre, faire quelques recherches en ligne avant de me coucher.

Ice et Levi lui souhaitèrent bonne nuit lorsqu'il quitta la cuisine. Il fit un détour par le lave-vaisselle, y rangea sa tasse et rejoignit sa chambre, située juste à côté de celle de Bailey. Il ne savait pas si c'était délibéré de la part d'Ice ou non, mais il le soupçonnait. Non seulement il entendrait Bailey si elle l'appelait, mais il pourrait aussi garder un œil sur elle.

Une fois dans sa chambre, il prit une douche rapide, enfila un caleçon propre et s'installa sur son lit avec son ordinateur portable. Quelques minutes plus tard, il était plongé dans des recherches sur le maire. Étant relativement nouveau dans la région, Dakota ne connaissait aucun des noms ni aucun des problèmes locaux.

Une heure plus tard, il était beaucoup mieux informé. Il n'était pas impressionné par ce qu'il avait lu sur le maire.

D'après les photos qu'il avait trouvées, le maire était souvent accompagné de deux hommes. Dakota ne savait pas s'il s'agissait de gardes du corps ou d'assistants. L'un d'eux était grand et avait l'air plutôt baraqué. Dakota trouva plusieurs clichés du visage du maire et de ses acolytes, qu'il sauvegarda sur son portable. Dans la matinée, il demanderait à Bailey si elle reconnaissait l'un d'entre eux.

Puis il fit des recherches sur Bailey. Il chercha son nom de famille, puis son prénom. L'une des premières choses qui apparurent fut la nécrologie de son mari. Il s'installa pour la lire.

L'histoire était telle que Bailey l'avait racontée, juste une brève description. Les images de la veuve accablée de chagrin le frappèrent de plein fouet. Elle avait vraiment vécu beaucoup de choses dures ces derniers temps. Il chercha des photos plus anciennes d'elle et en trouva quelques-unes sur les réseaux sociaux. À l'époque, elle pesait au moins vingt kilos de plus qu'aujourd'hui et semblait beaucoup plus heureuse. Il rangea son ordinateur et murmura :

— Tu as peut-être été plus heureuse, mais, dorénavant, tu es une survivante. C'est une grande force pour aujourd'hui et pour demain. Nous allons te sortir de là. Ne t'inquiète pas !

Il éteignit la lumière et se retourna. Avec un peu de chance, il dormirait bien lui aussi.

# Chapitre 5

BAILEY OUVRIT LES yeux, surprise. Elle ne reconnut pas son environnement. La mémoire lui revint, tous ses souvenirs récents remontèrent, en même temps que la douleur. Son dos la lançait, une chaleur désagréable se répandait dans tout son corps. De toute évidence, les analgésiques ne faisaient plus effet. Elle avait aussi besoin d'aller aux toilettes. Elle roula sur le côté avant d'essayer de se redresser. Un gémissement lui échappa, le son retentit dans la pièce sombre. Elle ne savait pas si quelqu'un pouvait l'entendre. Elle ne voulait pas les déranger. Elle se dirigea vers la salle de bains.

Lorsqu'elle termina, elle prit un verre d'eau. De retour à son chevet, elle examina la table de nuit et se rendit compte que ses analgésiques n'y étaient pas.

La dernière fois qu'elle les avait vus, Dakota les tenait dans sa main. Elle jeta un coup d'œil autour d'elle, se sentant assez mal pour que ses larmes se mettent à couler. *Bon sang. Je n'ai pas besoin de ça.*

Elle attrapa son téléphone, mais bien sûr, elle n'avait pas son numéro. Impossible de lui envoyer de message pour savoir s'il était encore réveillé ou non, en plus, elle n'avait aucune idée de l'endroit où il se trouvait dans ce manoir. La douleur devenait si intense qu'elle envisagea de gagner la clinique. Quelqu'un pourrait peut-être lui donner plus d'analgésiques. Elle s'assit sur le lit et essaya d'arrêter de pleurer.

La douleur s'intensifiait. Elle se leva et fit les cent pas, se promenant malgré la souffrance. C'est quelque chose que son mari et elle avaient fait maintes fois pendant les traitements. Ça lui permettait de détourner son attention du calvaire, de laisser son corps s'adapter.

Elle marcha et marcha dans cette grande chambre. Sa douleur ne s'atténuait toujours pas. Lorsqu'on frappa à la porte, elle se retourna, effrayée, et cria.

La porte s'ouvrit instantanément et Dakota entra, fronçant les sourcils.

— Pourquoi ne dors-tu pas ?

— La douleur m'a réveillée, confia-t-elle. Je voulais prendre plus d'antidouleurs, mais je ne sais pas où ils se trouvent.

Son regard se porta sur la table de nuit, puis revint sur elle.

— Bon sang ! Ils sont dans ma chambre. Il secoua la tête et sortit, lançant par-dessus son épaule un « je reviens tout de suite ».

Elle était tellement soulagée. Elle se dirigea vers le lit et s'assit. Il revint presque instantanément avec deux flacons à la main. Il lui en tendit un, puis posa le second sur sa table de nuit.

— Prends les analgésiques maintenant ! Ce sont les antibiotiques sur la table de nuit. Tu en as pris deux hier soir, il est trop tôt pour en prendre deux autres.

— Quelle heure est-il ?

— Presque cinq heures du matin.
Elle acquiesça.

— J'ai dormi plus longtemps que je ne pensais.

— Et pas aussi longtemps que je l'espérais, compléta-t-il en souriant.

Elle avala deux comprimés avec un verre d'eau, puis s'allongea sur le côté du lit.

— Tu vas dormir encore un peu ?

Elle secoua la tête.

— Je ne pense pas. Je suis naturellement une personne qui se lève tôt. C'est probablement pour ça que je me suis réveillée. En même temps, les antidouleurs sont assez puissants, ils pourraient me faire replonger.

— D'accord. Donnons-leur une demi-heure et voyons si tu peux te rendormir ! Dakota s'approcha et s'assit dans le grand fauteuil à côté du lit.

Elle le regarda.

— Tu peux retourner dans ton lit et dormir, tu sais.

— Je sais, dit-il, mais je vais rester ici et attendre.

Elle lui adressa un doux sourire.

— Pendant que tu es là, parle-moi de ce manoir et de ce que tu y fais !

Elle glissa l'oreiller sous sa tête et l'écouta expliquer comment Levi avait hérité du domaine et comment Ice et lui s'étaient unis pour développer la propriété et l'entreprise.

— C'est un véritable travail passion pour eux, fit-elle, bouleversée par l'ampleur de l'opération qu'ils menaient ensemble.

— À bien des égards, oui. Et cet endroit est aussi presque devenu un centre de rencontres, ajouta-t-il en souriant. À chaque fois que Levi recrute un nouveau membre pour l'équipe, une nouvelle femme arrive. C'est vrai pour toutes celles que tu as rencontrées en bas, à l'exception d'Ice. Chacune d'entre elles a un partenaire qui travaille pour *Legendary Security*, qu'il soit actuellement, en mission ou basé au domaine.

— Tu sais quoi ? C'est une belle idée.

Il éclata de rire.

— Je ne sais pas trop comment ça marche. Mais mon ami Saul, qui est arrivé ici en même temps que moi, a déjà trouvé sa moitié.

— Peut-être que ce n'est pas ce lieu en particulier. Peut-être que c'est le Texas en général.

— Peut-être, répondit-il. En ce qui me concerne, je ne peux pas dire que j'ai activement cherché…

— Moi non plus, admit-elle. Je ne suis pas sûre que ça marche comme ça.

— Non, mais dans ton cas, tu dois aller de l'avant. C'est difficile, mais c'est le moyen le plus simple de reprendre le cours de ta vie.

Elle acquiesça et essaya de continuer à parler, mais ses paupières s'abaissèrent.

— Je crois que le sommeil arrive… murmura-t-elle.

— C'est bien. Endors-toi ! Je vais rester encore quelques minutes pour m'assurer que tu vas bien.

Elle se blottit plus profondément dans les couvertures et chuchota :

— Tu es un homme très gentil.

— Non, vraiment pas, affirma-t-il calmement.

Elle tenta de répondre, mais cela lui demandait trop d'énergie et elle décida de laisser tomber. À chaque respiration, elle se laissa glisser plus profondément dans le sommeil. Lorsqu'elle se réveilla, elle était de nouveau seule. Néanmoins, en évaluant son niveau de douleur, elle réalisa qu'elle se sentait beaucoup mieux. Elle consulta son téléphone. Il était plus de huit heures. Avec deux heures de repos en plus, elle se sentait relativement bien. Si seulement elle avait des vêtements pour se changer ! Pour l'instant, elle ne pouvait que rester dans le peignoir et le grand T-shirt qu'on lui avait fourni.

Elle glissa ses pieds dans les pantoufles posées sur le sol à côté du lit et alla enfiler le peignoir. Dans la salle de bains, elle tenta de dompter ses boucles auburn qui s'étaient emmêlées, mais finit par renoncer. Il lui faudrait utiliser beaucoup d'après-shampoing pour les maîtriser. Elle n'était même pas sûre que cela soit possible pour l'instant, car il était hors de question de prendre une douche.

Elle se dirigea vers la porte, se sentant plus énergique. Même si plusieurs parties de son corps étaient endolories, la souffrance émanant de son dos n'était plus aussi vive. Elle s'engagea dans le couloir.

Une fois de plus, il était vide. Mais cette fois, elle se souvint du chemin jusqu'à l'ascenseur, descendit au rez-de-chaussée et marcha en direction de la cuisine. Elle s'arrêta lorsqu'elle vit le visage d'Alfred concentré sur le grand gril devant lui. Il était occupé à faire cuire ce qui semblait être un repas pour des dizaines de personnes. Instinctivement, elle s'avança et demanda :

— Puis-je vous aider ?

Il leva les yeux et lui sourit.

— Vous pouvez m'aider en entrant et en vous asseyant à côté de Dakota. Il s'inquiète pour vous.

— D'accord, répondit-elle doucement. Mais je peux aussi vous aider. Je ne suis ni sans défense ni si gravement blessée que ça.

Alfred refusa :

— Je m'en occupe.

Bailey contempla l'efficacité avec laquelle il se frayait un chemin d'un côté à l'autre du gril.

— Vous avez toute mon admiration. Il faut du talent pour cuisiner pour autant de personnes en permanence.

— On s'y habitue.

— Si vous le dites… Elle traversa la cuisine pour se rendre dans la salle à manger.

Dakota se leva d'un bond.

— J'espérais que tu dormirais plus longtemps !

— Je viens juste de me réveiller. En tant qu'invitée, rester au lit me mettait mal à l'aise…

— Ce n'est pas un problème ici. Jusqu'à ce que tu sois de nouveau en pleine forme, tu peux dormir aussi longtemps que tu le souhaites. Prendre soin de toi, nous assurer que tu sois en sécurité, voilà l'essentiel. Il tira une chaise et lui ordonna : assieds-toi ! Je vais t'apporter une tasse de café.

Elle réussit à s'asseoir seule et à se redresser légèrement. Si elle gardait une position et une posture détendues, la douleur n'était pas trop forte. Bien sûr, tout le monde la scrutait attentivement. Elle sourit un peu timidement aux personnes présentes autour de la table. Il y avait plus de femmes que dans son souvenir. La veille, elle n'avait pas réussi à les distinguer les unes des autres.

— Bonjour à tous ! lança-t-elle.

Une réponse collective lui vint en retour :

— Bonjour !

Ice entra à ce moment-là, elle étudia attentivement Bailey et affirma :

— Tu as l'air d'aller beaucoup mieux.

— Je te remercie. Je me sens un peu mieux. Lorsque Dakota déposa une tasse de café devant elle, elle sourit en guise de remerciement et reporta son attention sur Ice. Des nouvelles de l'inspecteur ?

Ice déclara :

— Il n'a rien trouvé non plus ce matin, à cause des fortes pluies.

À côté d'elle, Dakota ouvrit plusieurs images sur son ordinateur puis tourna son écran pour qu'elle puisse le voir. Bailey étudia les photos. L'une des images montrait deux hommes. Le maire se tenait entre eux. L'homme qui avait tiré sur le troisième homme était à côté du maire.

Elle tapota son visage sur l'écran et déclara :

— C'est l'assassin.

— C'est Jim Haskell, annonça Dakota. L'un des deux bras droits du maire. Il fit apparaître une troisième image et précisa : c'est le troisième homme qui compose ce trio très soudé. Il s'appelle Troy Burgess.

Elle le regarda fixement, sentit un déclic se faire dans sa mémoire et murmura :

— Pas si soudé que ça. C'est l'homme qui a été abattu.

DE TOUTES LES choses qui pouvaient sortir de sa bouche, c'était bien la dernière à laquelle Dakota s'attendait. Il n'avait pas réalisé que Bailey s'était tenue si proche qu'elle avait pu voir le visage de la victime. Pas étonnant qu'ils lui aient tiré dessus ! Et qu'ils n'aient pas cessé de la chercher non plus. Il avait évoqué ce troisième homme sur un coup de tête. Il étudia ses traits tirés.

— Tu en es sûre ?

Le regard de Bailey revint sur l'image et elle hocha la tête.

— Oui, j'en suis sûre.

Dakota se tourna vers les autres.

— Et maintenant ?

Ice avait déjà sorti son portable et composait le numéro

de l'inspecteur Mannford. Elle se leva et s'écarta du groupe pour mieux entendre. Lorsque Mannford répondit, elle annonça :

— C'est Ice. Nous avons une identification provisoire de la victime.

Elle s'éloigna encore, empêchant quiconque d'écouter le reste de sa conversation. Mais il n'était pas difficile de voir la réaction de Bailey. Elle tendit une main tremblante pour attraper sa tasse, avant de la reposer vivement parce qu'elle ne pouvait pas empêcher le liquide de se répandre sur le bord. Elle serra les poings et les posa sur ses genoux.

Dakota tendit les mains vers elle et recouvrit des siennes.

— Ça ira.

Bailey leva son regard sombre vers le sien.

— Un homme est mort.

— Tu n'aurais rien pu faire pour l'empêcher, dit-il, d'une voix douce et compatissante. Tu ne peux pas te sentir coupable de cela.

Elle se mordit la lèvre puis hocha lentement la tête.

— Intellectuellement, je sais que c'est vrai. Mais émotionnellement, je suis encore un peu anéantie. Je suis restée là, tétanisée, alors que j'aurais dû appeler à l'aide. J'aurais dû faire quelque chose. Et s'il n'avait pas été tué sur le coup ? Et s'il avait agonisé parce qu'il n'avait pas obtenu d'aide assez vite ?

— Avec une balle tirée à bout portant dans la région du cœur, il y a de fortes chances qu'il soit mort avant même d'avoir touché le sol.

Bailey haussa les épaules.

— Et encore, je sais que c'est en théorie, mais... Elle soupira. La police doit s'assurer que j'ai bien identifié la victime.

Ice revint à table.

— Mannford est en train de faire ça. S'il ne le trouve pas, il lancera un avis de recherche. Ensuite, il ira voir le maire.

— C'est toujours ma parole contre la leur, déclara Bailey. Et je ne suis personne.

Levi acquiesça.

— C'est exactement pour cela que tu dois rester à l'abri. Si tu es le seul témoin qui peut prouver leur implication, ils ont tout intérêt à ce que tu disparaisses.

Bailey haleta brièvement. Ice ajouta :

— Ils ont déjà ôté une vie, ils n'hésiteront pas à en ôter une deuxième.

Bailey déglutit difficilement.

— Je peux prendre les jours de vacances et de maladie que j'ai accumulés au travail, énonça-t-elle en hésitant. Mais à l'expiration de ces congés, je devrai reprendre. La maladie de mon mari a réduit nos économies à néant.

Les autres échangèrent un regard. Dakota savait ce qu'ils pensaient. Une semaine ou deux ne suffirait pas. Elle devrait rester hors de vue pendant un long moment. Au moins jusqu'à ce que l'affaire aboutisse, d'une manière ou d'une autre.

Il jeta un coup d'œil à Ice.

— Le programme de protection des témoins ?

Elle haussa un sourcil et pencha la tête sur le côté, comme si elle réfléchissait.

— J'en parlerai à Mannford quand nous en serons là. Espérons qu'il y ait une solution plus rapide et plus facile que ça.

Bailey regarda Dakota avec stupeur.

— Je ne peux pas faire une chose pareille !

Dakota l'étudia.

— Tu es déjà seule. Tu as perdu la personne qui comptait le plus pour toi, tu n'as ni d'autres bons amis ni de famille. Pour l'instant, la protection des témoins serait facile. Nouveau nom, nouvel endroit. C'est ce que tu fais déjà en ce moment, non ?

Elle ouvrit la bouche pour protester et la referma lentement.

— C'est simplement injuste.

Dakota secoua la tête.

— Malheureusement, beaucoup de gens ont déjà expérimenté quelque chose comme ça.

— Mais ce n'est pas le problème du jour, déclara fermement Ice. Je dois vérifier ton pansement. Nous pouvons le faire maintenant ou après ton repas.

La voix d'Alfred appela de la cuisine :

— Le petit déjeuner est prêt !

Tout le monde se mit à l'œuvre, certains dressant le couvert, d'autres se rendant à la cuisine pour aider Alfred à sortir les plateaux.

Dakota s'assit à côté de Bailey :

— Reste assise !

Il observa l'étonnement qui traversa son visage alors que tout le groupe participait à l'apport des plateaux chargés de nourriture, des assiettes et des couverts, sans oublier des condiments souhaités par chacun.

Lorsqu'un grand plat de toasts non beurrés fit son entrée, Bailey sourit.

— C'est quelque chose que je peux faire pour aider.

Un grand beurrier et un couteau lui furent remis avec une assiette. Elle s'attela rapidement à la tâche. Quelques minutes plus tard, tout le monde était assis à table, plaisantant et discutant tout en se servant un délicieux repas. Elle prit un morceau de pain grillé avant que le plat ne passe à la personne suivante. Dakota s'assura que tous les plats défilent devant elle et qu'elle fasse un choix convenable. Elle avait besoin de manger pour reprendre des forces et guérir.

— Quel genre de travail fais-tu en ville ? demanda Ice.

— Je suis acheteuse pour *Waltons Inc.* Il s'agit d'un fournisseur de restaurants.

Plusieurs personnes hochèrent la tête autour de la table, comprenant ce qu'elle faisait.

Dakota n'en était pas tout à fait sûr.

— Cela signifie-t-il que tu fais tous les achats pour l'entreprise ?

Elle opina.

— Oui, je recherche les meilleurs prix et je m'occupe ensuite de toutes les commandes et du budget de l'entreprise.

— Ce travail te plaît ? demanda Ice.

— Cela m'occupe, je n'ai pas le temps de penser à mon mari, au manque. Cela demande beaucoup de concentration, j'aime ça. C'est un emploi solitaire, ce qui n'est pas forcément une mauvaise chose. Dans l'ensemble, c'est un bon job.

— C'était un nouveau travail ? L'as-tu débuté après le décès de ton mari ? demanda Dakota.

— Oui, je n'y suis que depuis bientôt six mois. Elle lui lança un regard. Comment le sais-tu ?

— Parce que tu ne disposes pas de beaucoup de jours de congé.

— Oui, j'ai perdu mon précédent emploi lorsque mon mari est tombé malade. J'ai dû me retourner rapidement et en trouver un autre. Bien sûr, il s'agissait d'un poste temporaire sans avantages sociaux. À l'époque, j'ai fini par cumuler quatre emplois différents. Bailey haussa les épaules. La seule chose que je détestais, c'était le fait d'être loin de Rick pendant des heures… Quand il est mort, j'ai dû tout vendre pour payer les factures. Il m'a fallu beaucoup de temps pour tout liquider. Bailey esquissa un sourire. Je sais que je devrais être fière de ne plus avoir de dettes, mais honnêtement, ça n'a pas été facile. Et je ne veux pas revivre ça de sitôt.

Un silence s'installa alors que tout le monde contemplait le fardeau qui pesait sur ses épaules. Bailey y avait fait face du mieux qu'elle avait pu.

— Le fait que tu te sois libérée de ces dettes en dit long, déclara Sienna. Il faut beaucoup de dévouement, d'économies et de courage pour y parvenir.

— Tout ce que j'avais, c'était du travail, avoua Bailey. J'ai pris toutes les heures supplémentaires que j'ai pu obtenir.

Ice grimaça.

— Il a probablement fallu beaucoup d'argent pour payer ses derniers mois à l'hôpital, ce qui a rendu presque impossible le fait que tu restes chez toi.

Bailey acquiesça.

— Je devais travailler. Ses médicaments coûtaient extrêmement cher et je ne pouvais pas le voir souffrir. Ne pas travailler n'était donc pas une option envisageable.

— Tu as survécu. C'est ce qui compte. Ton mari aurait voulu que tu puisses avoir une toute nouvelle vie maintenant. Et demain sera encore plus radieux qu'aujourd'hui.

— C'est vrai ? Attends…Je viens d'assister à un meurtre. Les tueurs m'ont vue et ont essayé de m'éliminer. Tu as failli m'écraser avec ton 4x4 et j'ai fini à l'hôpital. En quoi est-ce mieux ? répliqua-t-elle, sarcastique. Presque instantanément, elle se sentit mal à l'aise de s'être emportée. Désolée, Dakota. Tu ne méritais pas ça. Elle consulta l'heure. Je devrais téléphoner à mon employeur pour lui dire que j'ai besoin de quelques jours de congé pour raison médicale.

— Risques-tu des problèmes ? demanda Levi depuis le bout de la table.

— Je ne pense pas. Je dois avoir cinq jours de congé maladie et de vacances, six peut-être. Il faudrait que je vérifie. Je ne suis absolument pas capable de travailler, donc, avec un certificat médical établi par mon médecin, ça devrait aller. Par contre, je ne veux pas que les gens sachent ce qui s'est passé. Ce serait bien trop embarrassant.

— En fait, nous ne pouvons pas vraiment te laisser en parler à qui que ce soit. Une fois ta déposition faite à l'inspecteur, il vaudrait mieux que tu te taises.

Elle acquiesça et repoussa son assiette vide.

— Alfred est un excellent cuisinier.

— Ah oui, alors !

— Si vous voulez bien m'excuser, je vais téléphoner à mon travail. Elle repoussa sa chaise et se figea sous l'effet de la douleur qui la fit se recroqueviller et haleter.

Immédiatement, Dakota se leva d'un bond et recula sa chaise pour qu'elle puisse se relever.

— Doucement ! lança-t-il.

Se mordant la lèvre, elle se redressa lentement et marcha, raide, jusqu'au fond de la pièce, près de la fenêtre. Il la regarda sortir son téléphone et passer l'appel.

Il détestait l'avouer, mais il aurait vraiment aimé pouvoir entendre sa conversation. Il n'avait aucune raison de douter d'elle, mais il n'était pas allé aussi loin dans la vie sans être un tantinet cynique.

— Elle est charmante, commenta Ice.

— C'est vrai. J'aimerais juste en savoir plus sur elle.

— Tu n'as pas fait de recherches hier soir ?

— Si et tout semble coller.

— Semble ? demanda Merk depuis l'autre côté de la table. Ton instinct te dit qu'il y a quelque chose d'anormal ?

— Je ne comprends pas pourquoi elle s'est arrêtée dans cette ruelle.

— Ce n'est sûrement pas un quartier si dangereux que quelqu'un ne puisse pas tout simplement marcher dans une ruelle, non ? rétorqua Sienna. Je traverse souvent des endroits que vous n'aimeriez pas.

Rhodes se retourna pour la regarder.

— Tu, quoi ?

Elle haussa un sourcil en signe de défi.

— J'aime les ruelles. Elles sont pleines de caractère.

Rhodes s'approcha d'elle.

— Il faut qu'on parle, toi et moi.

Elle ricana.

— Mais ça finira comme la dernière fois qu'on *s'est parlé*.

Dakota observa avec amusement le rouge qui montait aux joues de Rhodes. Il prit rapidement son café et en but une gorgée, puis refusa de se joindre à la conversation.

C'est Ice qui lui dit :

— Si tu as des questions auxquelles tu dois obtenir des réponses, pose-les maintenant, avant d'aller trop loin dans cette voie-là.

Il acquiesça.

— J'ai pensé l'emmener dans la ruelle et reconstituer la scène avec elle. Quelle était sa position ? Où le meurtre a-t-il eu lieu ? Ensuite, je chercherai des preuves. Je peux aussi passer à son appartement et prendre quelques-uns de ses vêtements. Dakota lança un regard vers l'endroit où elle parlait sérieusement au téléphone et ajouta : la seule chose dont je doute, c'est de savoir si elle peut se déplacer autant.

Ice soupesa la question.

— Tant qu'il ne s'agit que de se déplacer en voiture et de marcher un peu, tant qu'elle fait très attention en montant et en descendant du véhicule, tout devrait bien se passer. Mais elle devra s'assurer d'avoir ses analgésiques. En rentrant, elle devra s'allonger de nouveau. Surveille bien tes arrières. C'est une cible. Ce qui fait de toi une cible aussi. Merk ira avec vous.

— C'est à la périphérie de la ville. Donc quarante minutes pour se rendre sur place, vingt minutes à une demi-heure maximum pour aller chez elle, prendre son sac, puis ce sera le retour au domaine.

— Fais-le alors ! dit Levi. Passe me voir quand vous serez rentrés !

# Chapitre 6

APRÈS AVOIR RACCROCHÉ, Bailey retourna prudemment jusqu'à la table. Plusieurs personnes s'étant levées, elle n'était pas sûre de ce qu'elle devait faire. S'asseoir de nouveau ? Retourner dans sa chambre ? Dakota s'avança vers elle et lui demanda :

— Comment te sens-tu ?

Elle réfléchit sérieusement à la question.

— J'ai été mieux, mais je ne me sens pas trop mal. Quand je me tourne trop vite, il faut souvent quelques minutes pour que la douleur se calme, mais dans l'ensemble, je vais bien. Pourquoi ?

— J'aimerais te conduire chez toi pour que tu puisses prendre quelques vêtements.

Elle sourit.

— Oh, c'est une bonne idée, mais je ne veux pas te déranger. Je vais m'organiser.

— N'oublie pas que le moindre faux mouvement ralentira ta guérison, tu dois donc promettre de ne pas trop en faire et me laisser t'accompagner, souligna Dakota.

— Ne t'inquiète pas. Même m'asseoir me fait mal, bien que je ne comprenne pas comment c'est possible.

— Ton corps tout entier est mobilisé avec une telle blessure. Pendant que nous sommes dehors, j'aimerais passer devant la ruelle pour examiner l'emplacement de la scène du crime auquel tu as assisté.

— Ce serait probablement une bonne idée pour moi aussi d'y retourner et d'y jeter un coup d'œil. Je ne sais pas à quel point mes souvenirs sont flous. J'ignore quel rôle peut jouer le choc à ce niveau. Bailey considéra le peignoir qu'elle portait. Je suis très à court de vêtements. Je peux remettre mon pantalon, mais je n'ai pas de haut propre.

Sienna se leva et la regarda.

— J'ai un T-shirt bleu clair qui t'ira sûrement. Il est très doux, ça devrait être agréable contre tes points de suture. Je peux te le prêter, si tu veux ?

Bailey sourit.

— Je te remercie. J'apprécierais vraiment.

Ils remontèrent tous les trois à l'étage et Sienna se dirigea vers sa chambre, située plus loin dans le couloir. Elle revint quelques instants plus tard avec le T-shirt en coton bleu clair.

— Essaie-le !

Ils étaient presque devant la chambre de Bailey. Elle l'accepta et dit :

— Merci. Je vais le faire. Donne-moi cinq minutes pour m'habiller ! lança-t-elle à Dakota.

À l'intérieur, elle s'assit lentement sur le lit. Son dos lui faisait vraiment mal. Elle compta les heures et réalisa qu'il était temps de prendre un nouvel antidouleur ainsi que ses antibiotiques. Elle attrapa les deux flacons et avala ces médicaments avec un verre d'eau.

Elle se redressa un peu et tira sur le T-shirt qui avait fait office de chemise de nuit. Le faire passer par-dessus sa tête la fit crier, mais elle réussit à l'enlever.

Elle n'était pas sûre de pouvoir porter un soutien-gorge. Elle entra dans la salle de bains et vérifia la hauteur du bandage dans le miroir. Ce n'était pas loin. Ice pourrait peut-être abaisser le pansement ou au moins l'ajuster pour que l'attache du soutien-gorge n'interfère pas. Elle se brossa les cheveux et enfila son soutien-gorge ainsi que le haut emprunté.

Il lui allait parfaitement. Bailey toucha la matière légère en souriant. C'était super doux, comme une caresse de bonheur sur sa peau. Habillée, mais incapable de faire le lit sans provoquer une nouvelle vague de douleurs, elle ouvrit lentement la porte. Dakota l'attendait.

— J'ai réussi à m'habiller, mais les chaussettes et les chaussures, avoua-t-elle, c'est au-dessus de mes forces.

Il acquiesça et entra dans sa chambre en regardant les chaussures.

— Tu as besoin de chaussettes avec ça ?

Elle jeta un coup d'œil sur les ballerines basses.

— Ce serait peut-être mieux.

Il les lui enfila rapidement et sourit.

— Nous ne marcherons pas beaucoup, alors elles devraient faire l'affaire.

Côte à côte, ils rejoignirent le 4x4. Quarante minutes plus tard, ils approchaient de la périphérie de la ville. Bailey mit un petit moment à se repérer. Ce n'était pas une zone par laquelle elle avait l'habitude de se rendre en ville. À l'aide de quelques indications, elle guida Dakota jusqu'à l'endroit où elle avait vu la fusillade. Elle n'aimait pas l'idée d'arpenter ces lieux, mais il n'y avait pas d'autre moyen de s'assurer qu'il ne restait réellement plus rien à trouver.

Il contourna le véhicule et l'aida à en sortir. Merk faisait le guet.

— Où étais-tu exactement juste avant la fusillade ?

Bailey fit signe à Dakota de se diriger vers la façade principale de l'immeuble. Il l'accompagna jusqu'au lieu où elle se souvenait s'être tenue et la guida avec précaution sur les pas de son souvenir.

— J'ai pénétré dans la ruelle et j'ai vu les hommes. J'ai continué à marcher, puis j'ai entendu le coup de feu.

Il s'arrêta et la fixa.

— Non, ça ne marche pas. Tu as dit que les hommes étaient plus bas, dans la ruelle.

Elle opina.

— C'est vrai. J'ai d'abord cru avoir entendu quelque chose. Je me suis approchée un peu, par curiosité. Mais quand j'ai vu les trois hommes en costume d'affaires, j'ai fait demi-tour et je suis partie.

Il étudia son visage pendant un long moment.

À l'intérieur d'elle-même, elle sentit que tout s'arrêtait. Doutait-il ou la croyait-il ? Elle se mordit l'intérieur de la lèvre.

— Non. Ce n'est pas vrai. J'ai cru voir quelque chose sur le sol, c'est pour ça que je me suis avancée, confia-t-elle.

— Comment ça, *quelque chose* ?

Bailey revint vers le début de la ruelle et pointa du doigt un papier froissé.

— Je pensais que c'était de l'argent.

Il s'approcha du papier vert et blanc et hocha la tête.

— Logique.

Elle se plaça à l'endroit où se trouvait le papier.

— De là, j'ai jeté un regard aux alentours, dans la ruelle. J'avais une bonne visibilité.

— Donc, d'ici, tu as vu les trois hommes, qui se tenaient où ?

Elle le lui indiqua.

— Mais quand j'ai compris que ce n'était pas de l'argent, je suis partie précipitamment. C'est là que j'ai entendu le coup de feu. Bailey marqua une pause. Non, je les ai d'abord entendus crier, se corrigea-t-elle. Je me suis retournée. J'ai vu l'arme levée. Le grand a tiré sur le troisième homme. Je me suis relevée et j'ai détalé.

— Dans quelle direction as-tu couru ?

Elle désigna le coin de rue qui se trouvait devant elle.

— J'ai traversé cette rue et ce pâté de maisons.

Il se retourna et étudia le trajet par lequel elle s'était enfuie. Dakota réalisa qu'il s'agissait d'une ligne droite. Il acquiesça.

— OK, donc c'est là qu'il t'a tiré dessus. Et tu as continué à courir encore un peu. J'étais à deux pâtés de maisons quand tu m'as heurté.

Elle opina.

Il s'enfonça un peu plus dans la ruelle.

— Est-ce que je me tiens là où ils se tenaient ?

Elle fronça les sourcils et étudia l'angle.

— Je ne les ai aperçus que rapidement. Elle pinça les lèvres. Je dirais un peu plus à droite.

Il s'approcha du lieu qu'elle avait désigné.

— Je pense qu'ils étaient tous les trois, là, oui, approuva-t-elle.

Elle s'approcha de lui. Il s'arrêta et observa lentement autour de lui. La boue recouvrait toujours la ruelle, mais elle s'était considérablement asséchée. Le sol avait eu soif d'eau, et même si c'était encore humide en surface, elle disparaissait rapidement.

Il saisit un mégot de cigarette détrempé.

— Comment savoir si c'est récent ? demanda-t-elle.

— Après la pluie, c'est difficile à dire. Pour ce que j'en sais, c'est celui de l'inspecteur Mannford.

Elle ne pouvait pas imaginer qu'un détective laisse des

éléments sur une scène de crime.

Mais des accidents se produisent. Dakota passa dix minutes à examiner l'espace, mais ne trouva aucune trace de fusillade. S'il y avait eu du sang, il avait été emporté par l'averse. Il ne restait même pas d'empreintes de pas confirmant le scénario. Finalement, il se redressa et lui sourit.

— Bon, allons à ton appartement !

Elle sourit de soulagement.

— D'accord. Je n'aime pas rester ici.

— C'est compréhensible. Il la reconduisit vers leur véhicule, l'aidant une fois de plus à monter à l'intérieur.

Son appartement n'était pas très loin. Lorsqu'ils s'arrêtèrent devant l'immeuble, elle ressentit un étrange sentiment de solitude. Ce n'était pas un espace où elle se sentait bien depuis que la maladie de Rick avait débuté. C'était l'appartement qu'ils avaient partagé dès le début. Ils étaient ensemble depuis si peu de temps avant qu'il ne soit diagnostiqué. La douleur, la tristesse et le chagrin avaient pris le pas sur les bons souvenirs. Elle le regrettait. Elle avait pourtant passé six mois agréables avec lui, avant tout ça.

Alors que Merk, assis dans le SUV, faisait le guet, ils marchèrent jusqu'à l'entrée. Arrivée à la porte de son appartement, elle la déverrouilla rapidement et l'ouvrit.

— Ça devrait être rapide, dit-elle en entrant, les yeux toujours tournés vers Dakota. Je veux juste prendre des vêtements pour la semaine.

Il lui saisit soudain le bras, ce qui l'immobilisa. Elle lui lança un regard interrogatif. Il lui indiqua l'intérieur de son appartement. Elle tourna la tête et sursauta.

— Oh, mon Dieu !

Son appartement avait été saccagé.

D'UN AIR SOMBRE, Dakota examina l'espace de vie. Il ne s'agissait pas d'un vol, mais d'un message. Il n'y avait pas un coussin, pas un mur, pas le moindre morceau de plancher qui n'avait pas été endommagé, recouvert de peinture ou détruit d'une autre manière. Il se rendit rapidement dans la chambre à coucher et fit le même constat. Dans la salle de bains, il s'arrêta pour lire le message écrit au rouge à lèvres sur le miroir qui indiquait « *Ferme ta gueule, salope* ». Il sortit son téléphone, mit rapidement Merk au courant et prit des photos.

Bailey n'avait pas encore vu le message.

Il la rejoignit. Ils traversèrent méthodiquement l'appartement, prenant des photos des dégâts. Il les envoya toutes à Ice, gardant Bailey à l'œil. Elle se tenait dans l'entrée, adossée au mur, les larmes aux yeux et les bras serrés autour de sa poitrine. Elle n'était pas figée, juste intimidée par l'énormité de la tâche qui l'attendait.

Dakota s'approcha d'elle et lui releva le menton.

— Nous devons vérifier s'il te reste des vêtements utilisables.

Elle secoua la tête.

— Mon Dieu, pourquoi vandaliser mon appartement ainsi ?

— Les gens que tu as vus dans la ruelle t'envoient un avertissement, pour t'empêcher de parler.

Elle ferma brièvement les yeux, puis se redressa et se dirigea vers la chambre. Il l'aida à retrouver son sac de voyage dans le désordre. Les vandales avaient coupé le haut du sac, de sorte que la fermeture éclair ne fermait plus, mais il pouvait encore servir. S'il restait quelque chose à emporter. Elle n'avait pas grand-chose. Ses hauts étaient lacérés, ses vêtements avaient été arrachés de leurs cintres. La plupart étaient abîmés par la peinture qui avait été projetée dessus.

Elle regarda autour d'elle.

— Je ne pense pas que l'on puisse sauver quoi que ce soit ici.

Il y avait tant de douleur dans sa voix ! Cette femme, qui avait déjà quasiment tout perdu, qui avait déjà payé le prix de tant de choses, se retrouvait maintenant confrontée à la ruine complète de tous les effets personnels de son appartement.

— Y a-t-il un souvenir de ton mari que tu veux emporter ?

Elle le considéra, surprise, et se dirigea vers la table de nuit. Elle avait été saccagée. Mais, sous la table, se trouvait une pile de livres, qui étaient intacts, comme s'ils n'avaient pas été touchés. Elle sortit celui qui se trouvait tout en bas et l'ouvrit. Il contenait une boîte à souvenirs. À l'intérieur se trouvaient leurs alliances, plusieurs photos et quelques feuilles de papier pliées. Elle la serra contre sa poitrine.

— C'est la seule chose dont j'ai besoin ici. C'est la seule chose qui vaille la peine d'être gardée.

Dakota acquiesça.

— Il faut appeler la police, faire une déclaration à l'assurance. Il grimaça à l'idée suivante. As-tu une assurance pour tes biens ?

Elle leva les yeux vers lui et secoua la tête. D'une voix douce, elle murmura :

— Non. Il ne me restait plus d'argent pour cela. Tout ce que j'ai est vieux, usagé. J'ai tout vendu, sauf mes vêtements pour mon travail. Lorsque j'ai perdu mon emploi, cela n'avait plus d'importance. J'ai pu porter des vêtements décontractés pour mes postes temporaires et pour l'actuel. Elle contempla le lit. Le matelas avait été jeté et déchiré. Je peux tout remplacer dans un magasin d'occasion. Je n'ai pas encore les fonds nécessaires, mais cela ne devrait pas prendre trop de temps pour me remettre à flot. Les vêtements sont vraiment ce dont j'avais le plus besoin. Elle contempla la peinture qui maculait le sol. Je ne sais pas par où commencer.

Dakota afficha un air sérieux. C'était presque comme si les intrus avaient délibérément veillé à ce que chaque vêtement soit détruit. La commode était encore debout, mais les tiroirs étaient restés ouverts ou avaient été jetés sur le sol. En lui-même, il jurait comme un charretier. Il fallait être un vrai connard pour détruire ainsi le peu qu'elle possédait !

À côté de lui, Bailey commenta avec une note d'humour :

— Le seul point positif, c'est qu'il ne me reste plus grand-chose à déménager. Elle se retourna résolument et quitta la chambre.

Dakota la regarda marcher sur quelques piles de coussins et de bibelots avant d'entrer dans la cuisine, où la vaisselle avait été cassée, les bocaux brisés. Sur le comptoir, écrit avec ce qui ressemblait à de la sauce à spaghetti, il y avait le mot *Pute*. Elle le fixa longuement.

— Ils doivent vraiment avoir peur de ce que j'ai à dire.

— Terrifiés.

Elle enroula ses bras autour de sa poitrine.

— Pourrions-nous aller dans le grand magasin le plus proche ? Je voudrais acheter quelques produits de première nécessité pour les deux prochains jours.

Alors qu'ils se dirigeaient vers la porte, elle s'arrêta. Elle regarda dans le placard de l'entrée, mais toutes ses vestes avaient été balancées, déchirées à plusieurs reprises.

Elle ne prononça pas un mot. Elle sortit lentement de l'appartement.

Dehors, dans le couloir, le téléphone de Dakota sonna. C'était Ice.

— Vous allez chercher ensemble tout ce dont elle a besoin en ville pour quelques jours. L'inspecteur Mannford peut s'occuper de l'appartement.

— Nous devons d'abord le signaler au gardien. Elle ne fait que le louer.

— D'accord. Et avant que vous ne quittiez la ville, Mannford voudrait vous parler.

— Je l'appellerai dès que j'aurai raccroché.

Pendant que Dakota composait le numéro de l'inspecteur, Bailey se dirigea vers la fenêtre au bout du couloir et contempla le monde autour d'elle.

Dakota rangea son téléphone.

— Nous devons attendre l'inspecteur Mannford.

Elle inclina la tête.

— Ce n'est pas grave. Nous devrions aller parler au concierge.

Au rez-de-chaussée, elle rejoignit le dernier appartement et frappa à la porte. Un homme d'un certain âge lui répondit. Après lui avoir expliqué ce qui s'était passé, il secoua la tête et lui demanda ses coordonnées. Dakota les lui fournit et précisa :

— L'inspecteur Mannford de la police est en route. Ils seront à l'étage et prendront des photos pour en faire un rapport.

Le concierge acquiesça.

— J'aurai besoin d'une copie de ce rapport pour les propriétaires. Et il referma la porte sur eux.

# Chapitre 7

BAILEY N'AVAIT PAS observé beaucoup d'actes de pure bonté ces deux dernières années. Même l'attitude du concierge était froide, désintéressée. C'était difficile à digérer.

Alors qu'ils regagnaient l'entrée principale, l'inspecteur pénétra dans l'immeuble. Il étudia attentivement le visage de la jeune femme.

— Comment allez-vous ?

— Je progresse lentement mais sûrement.

Ils montèrent dans l'ascenseur. Devant l'appartement, l'inspecteur s'arrêta devant la porte ouverte et scruta fixement l'espace. Il jeta un coup d'œil à Dakota.

Dakota acquiesça.

— Ça n'annonce rien de bon.

Bailey n'arrivait pas imaginer que quelqu'un puisse prendre le temps de détruire aussi minutieusement tous les objets qu'elle possédait.

— Effectivement…, déclara l'inspecteur Mannford. Il fit un tour dans l'appartement, les rejoignit et demanda : je sais que c'est probablement une question stupide, mais savez-vous s'il manque quelque chose ?

Elle le regarda, surprise.

— Impossible à dire. Mais je n'avais rien qui vaille la peine d'être volé, alors j'en doute.

— La télé ? Il n'y a pas de télé ici.

— Je n'en ai pas. Je n'ai plus les moyens d'en avoir une.

— Appareil photo, appareil électronique ?

Elle secoua la tête.

— Non, j'ai une tablette, mais elle est dans mon sac à main. C'est tout. Encore une fois, je n'ai pas les moyens de me payer tout ça.

Il acquiesça et continua à déambuler dans l'appartement. Finalement, il revint.

— Je vais faire rédiger un rapport. Ensuite, vous pourrez le signer. Nous vous donnerons des copies pour que vous puissiez les donner à votre compagnie d'assurance.

À ce moment-là, Dakota intervint :

— Bailey n'a pas d'assurance pour ses biens personnels.

Le détective soupira.

— Je suis vraiment désolé. C'est un coup dur.

— C'est un coup dur, mais cela aurait été bien pire si j'avais été présente à ce moment-là.

— C'est tout à fait vrai, approuva-t-il chaleureusement.

L'inspecteur Mannford s'occupa des formalités. Il ne tarda pas à l'interroger sur ce qu'elle avait vu. Au moins officieusement.

Quand ils eurent fini, Bailey en avait assez, elle aussi. C'était évident. Dakota était plus qu'inquiet pour elle.

— As-tu pris tes médicaments ce matin ? demanda-t-il.

Elle acquiesça.

— Mais leur effet s'estompe… Je dois prendre mes anti-biotiques. Elle jeta un coup d'œil à sa montre. Il est déjà presque deux heures.

— Tu veux aller déjeuner ou tu veux rentrer directement à la maison ?

— *La maison* est un mot étrange pour moi, observa-t-elle.

— Pour l'instant, ta maison, c'est là où je vis.

Elle sourit.

— Merci. C'est très gentil. J'aimerais rentrer directement à la maison, s'il te plaît.

Il l'aida à remonter dans le 4x4, fit un signe de tête à Merk et appela Ice pour lui donner des nouvelles.

— Nous rentrons.

LE TRAJET DE retour se déroula rapidement et sans encombre. Le temps qu'ils arrivent, Bailey s'était endormie. Il entra dans le garage et coupa le moteur. Merk avait déjà ouvert sa portière.

Dakota s'approcha de Bailey :

— Bailey ? Bailey, nous sommes arrivés. Réveille-toi, chérie !

Elle marmonna et se retourna pour s'éloigner de sa voix qui perturbait son sommeil. Il ne voulait pas la secouer, cela risquait de lui faire mal au dos.

Dakota déplaça légèrement le siège pour passer un bras sous elle. Puis il la souleva, en essayant d'éviter la partie blessée de son dos et entra dans la maison avec elle, Merk leur tenant la porte ouverte.

Alfred arriva en courant.

— Est-elle blessée ?

Dakota secoua la tête.

— Non. Elle s'est endormie, il y a environ dix minutes. Apparemment, elle a tenu aussi longtemps que possible. Elle devrait en avoir pour des heures.

Alfred remplaça Merk et précéda Dakota et Bailey jusqu'à sa chambre. Alfred ouvrit et lissa le lit. Il déplaça le peignoir et la chemise de nuit pour que Dakota puisse allonger Bailey.

Doucement, Dakota la déposa sur le lit, lui enleva ses chaussures et tira les couvertures sur elle. Il recula jusqu'à Alfred qui se tenait dans l'embrasure de la porte.

— J'espère qu'elle va pouvoir se reposer quelques heures…

Alors que Dakota redescendait, son téléphone sonna. Il le saisit, sans reconnaître le numéro et décrocha.

Une voix dure et froide lui déclara :

— Nous voulons la fille. Indiquez l'heure et l'endroit !

Et l'interlocuteur raccrocha.

# Chapitre 8

BAILEY SE RÉVEILLA brûlante, mal à l'aise et de mauvaise humeur.

Elle resta allongée pendant un long moment, prenant conscience d'où elle était et d'où elle ne pouvait plus être. Elle n'avait même plus un lit utilisable. Qu'était-il advenu de sa vie ?

Elle souleva les couvertures et resta étendue encore quelques minutes. Elle était entièrement habillée. Apparemment, Dakota avait dû la porter jusque-là. La dernière chose dont elle se souvenait était le trajet jusqu'à la maison.

Elle avait vraiment envie de prendre une douche. Mais elle ne savait pas si c'était possible avec ses points de suture. L'autre chose dont elle avait besoin et ce n'était pas une bonne chose, c'était ses analgésiques.

Elle se redressa sur son coude et avala deux pilules. Elle consulta son téléphone et réalisa qu'il était presque 17 heures.

— Où est passée la journée ?

Elle se força à se mettre debout et se rendit dans la salle de bains. Elle y prit le gant de toilette et la serviette et se lava aussi soigneusement que possible. Après s'être brossée les cheveux avec la petite brosse de son sac à main, elle se sentit un peu mieux. Sachant qu'ils seraient tous en bas pour le dîner, elle se dirigea lentement vers l'ascenseur.

Lorsqu'elle entra dans la salle à manger, le silence se fit. Elle resta silencieuse pendant un long moment, puis demanda :

— Ai-je fait quelque chose de mal ?

Ice se leva.

— Non, certainement pas.

C'est à ce moment-là que Dakota et Levi entrèrent ensemble, ils étaient en train de parler. Levi la vit en premier.

Elle lui adressa un petit sourire.

— Bonjour !

Dakota l'aperçut et sourit. Il s'approcha et lui tendit le bras. Elle le saisit avec reconnaissance. Bailey ne pensait pas avoir encore besoin de ce soutien physique, mais elle se rendit compte que le soutien émotionnel était une béquille qu'elle aurait du mal à lâcher.

— As-tu bien dormi ?

— Tu as dû me porter jusqu'au lit et je n'en ai aucun souvenir, alors, oui, je suppose que j'ai bien dormi, rit-elle.

Avec son aide, elle regagna la même chaise que celle sur laquelle elle s'était assise plus tôt.

Dès qu'elle fut installée, Ice plaça une tasse devant elle. Elle étudia ses traits pendant un long moment et constata ses tremblements. Elle lui indiqua le café.

— Bois ! Et si tu peux, ajoute du sucre, ce sera bon pour toi.

— D'habitude, je n'aime pas du tout le café, avoua-t-elle. Je vais peut-être essayer avec du sucre. Le sucrier arriva à côté d'elle et elle en mit un peu. Pourquoi ai-je besoin de sucre ?

— Tu as encore l'air vacillante.

Dakota lui tendit la main et joignit ses doigts aux siens.

— Et tu vas devoir encore encaisser un autre choc.

Elle se figea et le dévisagea.

— Qu'est-ce qu'il peut bien y avoir d'autre ?

— J'ai reçu un appel téléphonique d'un inconnu. Il m'a dit qu'il te cherchait, que je devais lui indiquer l'heure et l'endroit pour te livrer.

Elle regarda droit devant elle, sentant toutes ses forces se vider. Elle s'affaissa sur sa chaise et se redressa vivement en poussant un cri de douleur.

— Vraiment ? Vraiment ? !

— Oui, vraiment. Apparemment, ils savent que tu es avec moi.

Elle se couvrit la bouche, retenant le cri qui menaçait de sortir.

— C'est terrible.

Il haussa les épaules.

— En fait, ça ne me dérange pas du tout.

Elle semblait déroutée.

— Cela n'a aucun sens. Maintenant, tu es aussi une cible. Elle jeta un coup d'œil autour d'elle. Cela signifie que le maire Alden a pris le manoir pour cible. Elle essaya de repousser sa chaise. Je dois partir, ajouta-t-elle.

Dakota lui serra la main, la contraignant à se rasseoir. Elle se baissa lentement et le regarda sans mot dire.

— Tu ne partiras pas. Tu restes là. Si quelqu'un veut nous attaquer, il vaut mieux que ce soit ici. Nous avons déjà résisté à des assauts.

Ice et Levi acquiescèrent.

— Ce n'est pas que nous cherchions la bagarre, mais si elle se présente à nous, tu peux être sûre que nous serons prêts à l'affronter.

Bailey les contempla, stupéfaite.

— Vous ne comprenez donc pas ? Ils ont tiré sur cet

homme. Ils cherchent à me tuer.

Ice sourit et affirma :

— Si, nous comprenons. Nous savons exactement à quoi tu es confrontée. Nous avons déjà été dans cette situation, à maintes reprises. Elle se pencha et couvrit doucement la main de Bailey de la sienne et ajouta : chacun d'entre nous ici est prêt à se battre.

Bailey s'apprêta à dire quelque chose, mais aucun mot ne sortit. Elle referma lentement la bouche, puis lâcha :

— Tu es sérieuse ?

Levi opina.

— Ice, ainsi que tous les hommes de ce domaine sont d'anciens militaires.

— Et certains d'entre nous ont, également, suivi une formation en arts martiaux, précisa Sienna. J'ai trois frères dans l'armée, se battre ce n'est pas nouveau pour moi. D'ailleurs, parmi nous, certains ont été kidnappés, d'autres se sont fait tirer dessus et Dieu seul sait quoi d'autre, continua-t-elle en riant. Alors, c'est l'occasion de se venger un peu.

Bailey laissa son regard s'égarer d'un visage volontaire à l'autre. Bien que l'humour fût au rendez-vous, la détermination qu'ils étaient là pour elle était également présente. Et si le combat s'engageait, aucun d'entre eux ne reculerait. En fait, elle avait l'impression que plusieurs d'entre eux étaient plus que prêts pour accueillir un petit peu d'excitation dans leur quotidien.

— Je ne peux même pas imaginer à quel point ma vie serait infernale aujourd'hui si je n'avais pas rencontré Dakota, avoua-t-elle. Merci beaucoup de m'avoir crue, de ne pas m'avoir laissée dans le froid.

— Ce n'est pas nous, ça. Loyauté, intégrité et honnêteté. Ce sont nos valeurs par-dessus tout.

Levi saisit la main d'Ice.

— N'oublie pas l'*amour*. Je n'en parle peut-être pas beaucoup, mais s'il y a une chose pour laquelle il vaut la peine de se battre, jusqu'à la fin des temps, pour l'avoir et la garder, c'est bien l'amour.

Un long moment de silence se fit autour de la table, puis quelqu'un à l'autre bout proclama :

— Amen !

Bailey se tourna vers Alfred et lui sourit.

— Vous êtes sûr de pouvoir prendre en charge une personne de plus ? Dès que je le pourrai, je serai ravie de vous aider, vous savez. J'ai certainement passé assez d'années dans une cuisine pour pouvoir prétendre avoir un peu d'expérience.

Il la considéra, surpris.

— Je croyais que vous étiez acheteuse ?

Elle acquiesça.

— Je le suis maintenant. Avant, j'étais cheffe dans l'un des grands restaurants d'un club de golf. Je me suis blessée à la jambe dans un accident de voiture. Je ne pouvais plus tenir le rythme. Rester dans la cuisine douze à seize heures par jour m'était devenu impossible. Je me suis donc tournée vers les fournitures pour restaurants et maintenant, je travaille chez *Waltons Inc.*

— D'accord. Dès que vous voudrez participer, vous me le direz. Je vous ferai une place, dit en souriant Alfred avant de s'éloigner. À la porte, il s'arrêta. Mais, rappela-t-il, je vous interdis de mettre les pieds dans ma cuisine tant que vos points de suture ne seront pas enlevés. Vous m'entendez ?

Bailey opina, heureuse.

Puis Alfred ajouta :

— Le dîner sera servi dans vingt minutes.

Elle s'installa et réalisa, à son grand étonnement, que des larmes coulaient sur ses joues. Embarrassée, elle prit une serviette et s'empressa de s'essuyer les yeux.

— Je suis désolée.

À voix basse, Dakota lui dit :

— Ne le sois pas ! Nous savons tous ce que tu ressens.

Elle se retourna pour le regarder et sentit qu'il était sincère. Son empathie était totale. Son équipe et lui avaient traversé tant d'épreuves qu'ils comprenaient ce à quoi une autre personne était confrontée, ce qu'elle avait vu dans le monde. Ils savaient ce qu'elle ressentait en ce moment même. C'était très réconfortant.

DAKOTA NE LA quittait pas des yeux, regrettant de ne pas avoir son téléphone pour poursuivre ses recherches. Merk le lui avait pris pour découvrir d'où provenait l'appel. Mais comme aucun numéro ni nom n'apparaissait, il y avait de fortes chances qu'il ait été passé d'un téléphone prépayé. Ce dont Dakota avait besoin, c'était d'un plan. Cela nécessiterait l'implication de toute l'unité, pas seulement la sienne.

— Quelqu'un a parlé à l'inspecteur Mannford de l'appel mystérieux reçu par Dakota ? demanda Bailey à voix basse.

— Oui, je l'ai contacté pour le lui faire savoir, mais cela ne change rien, annonça Ice.

Bailey secoua la tête.

— Il m'a tiré dessus. Il a détruit mon appartement. Maintenant, il passe un coup de fil menaçant. On dirait qu'il est en train d'augmenter la pression.

Levi lui sourit.

— C'est ça. Jusqu'à présent, il accroit la pression. Je ne sais pas s'ils vous ont vus à l'appartement aujourd'hui. Je suppose que non. Sinon, ils vous auraient probablement attaqués pendant que vous étiez là-bas, tous les deux.

— Merk veillait et l'inspecteur est arrivé peu de temps après nous. Peut-être qu'ils ne voulaient pas s'opposer à lui, commenta Dakota. À l'intérieur, il était furieux. J'aurais aimé qu'ils se montrent. J'aimerais avoir une chance de me défendre !

Rhodes déclara :

— C'est fini le temps où on faisait cinquante pas à la périphérie de la ville pour régler un différend. Aujourd'hui, plutôt que de se disputer, on sort au milieu de la nuit et on abat celui qui nous dérange, tout simplement. Et les flics doivent tenter de rassembler les pièces du puzzle pour trouver le coupable.

— Mais là, tout le monde sait qui est le coupable, déclara Bailey. Pourquoi l'inspecteur ne peut-il pas l'arrêter et l'inculper ?

— Même si tu es un témoin, c'est ta parole contre la sienne.

Le silence s'installa. Elle les regarda, déconcertée.

— Ma parole ne suffit-elle pas ?

Dakota lui tendit la main et la serra à nouveau.

— Ce n'est pas ça. Ce n'est pas correct, mais ils vont faire croire que tu es incroyablement déprimée depuis le décès de ton mari, que tu as perdu le sens de ta vie, que tu fais ça pour attirer l'attention ou bien encore que tu ne prends plus tes médicaments contre la dépression… Et face à toi, il y a un homme politique de premier plan, dont le visage et la personnalité sont bien connus de tous. Les gens le croiront lui plutôt que toi, naturellement…

Elle le considéra avec horreur.

— Tu es sérieux, là ? Pourquoi croire un politicien ?

— Malheureusement, ce sont les faits, s'esclaffa Levi.

— Je tiens juste à préciser que je ne suis pas déprimée. Je ne fais pas ça, non plus, pour attirer l'attention. Honnêtement, j'aurais préféré que rien de tout cela ne se produise. Je pourrais vivre dans mon petit coin tranquille, merci. Plutôt que de m'occuper de toute cette merde, murmura-t-elle.

Les autres hochèrent la tête en signe de sympathie.

— L'ennui et la fadeur sont de bon aloi après les balles, confirma Sienna. Le fait est que nous avons tous vécu quelque chose de similaire, alors, dis-toi qu'au moins, tu es au bon endroit.

Bailey lui sourit.

— Je sais que c'est mal de penser comme ça, mais je dois admettre que je suis contente que vous compreniez tous. Je suis terriblement désolée de vous avoir mis dans cette situation.

— Ce que nous devons faire, c'est nous assurer qu'ils ne peuvent pas t'atteindre ici, annonça Dakota.

Bailey scruta les visages autour d'elle.

— Vous pensez vraiment qu'ils vont attaquer le domaine ?

— C'est difficile à dire. Ils pourraient aussi placer un sniper sur les collines ici et attendre que tu sortes.

Elle se sentit immédiatement mal. Elle retira sa main de celle de Dakota et s'affaissa, puis se redressa immédiatement, parce que son dos se mit à la lancer. Elle se frotta la tempe.

— Je ne suis pas comme toi. Je ne peux même pas imaginer vivre dans un monde où des snipers pourraient tirer sur les gens depuis les collines autour.

— Pourtant, ici, nous pensons de cette façon-là. Et les tueurs aussi, précisa précautionneusement Ice. C'est d'ailleurs pour cette raison précise que nous avons installé des caméras de surveillance sur toutes les collines qui nous entourent.

Dakota regarda Bailey ouvrir la bouche. Il avait oublié ce que c'était qu'être un civil. Vivre sans avoir à se préoccuper de tous ces subterfuges, de cette guerre souterraine. Pour Bailey, c'était un univers totalement étranger, il pouvait comprendre son choc, sa confusion.

— Ce qu'il te faut retenir, c'est que nous comprenons comment tout cela fonctionne, dit-il avec fermeté. Nous ferons de notre mieux pour te protéger.

— Et qu'en est-il de votre sécurité à vous ? Bailey montra Sienna. Nos cheveux sont de la même couleur. Et si elle sortait de l'enceinte et qu'un sniper lui tirait dessus à ma place ? ! s'écria-t-elle. Je ne peux pas vivre avec ça. Elle regarda en direction de Sienna et vit Rhodes tendre sa main à travers la table pour saisir la sienne.

Ce geste conforta Bailey dans sa décision :

— Tu vois ? Tu comptes pour lui. Je ne compte pour personne. Si ma vie est anéantie, cela ne fera aucune différence pour qui que ce soit dans ce monde. Mon entreprise engagera un nouvel acheteur dans les jours suivants. Mon appartement est déjà inhabitable jusqu'à ce qu'ils puissent le remettre en état. Il n'y a aucune raison pour que quelqu'un d'autre se sacrifie pour me sauver. Je suis une souris dans un monde plein de loups et de renards. Bailey les considéra tous, impuissante. S'il vous plaît, ne laissez pas du mal vous arriver pour me sauver !

Le silence s'installa dans la pièce. Même Dakota ne savait pas quoi dire. La description qu'elle faisait de sa vie était d'une tristesse à couper le souffle. Le fait qu'elle puisse se voir ainsi et penser qu'elle avait si peu de valeur, parce que personne ne l'aimait, parce que personne n'était là pour elle … était un aperçu de son quotidien douloureux.

— C'est peut-être ce que tu as vécu pendant un an et demi, dit-il d'une voix plate, mais avant cela, il y avait des gens qui t'aimaient.

— Oui, mais ils ne sont plus là. Si je dois mourir à cause d'un connard de politicien et que je ne peux rien y faire, c'est une chose. Mais que quelqu'un d'autre soit blessé ou risque de mourir à cause de moi, c'est tout simplement inacceptable. Je refuse que tu fasses quoi que ce soit qui mette quelqu'un d'ici en danger.

Levi la regarda avec intérêt.

— Comment comptes-tu nous arrêter, alors ?

Elle lui lança un regard noir.

— Je partirai. Je franchirai cette porte toute seule et que celui qui voudra m'emmener le fasse.

Elle l'énonça si simplement, avec une honnêteté telle, qu'il s'assit et l'observa fixement.

— Tu ne peux pas abandonner ta vie comme ça.

Elle se retourna férocement contre lui.

— Je ne resterai pas sans rien faire pendant que quelqu'un d'autre que je connais souffre à cause de moi. J'aimais mon mari. J'ai fait tout ce que j'ai pu pour le garder en vie. Si j'avais pu me sacrifier pour lui donner un mois de plus, je l'aurais fait sans hésiter !

Dakota la regarda, furieux.

— Et n'as-tu jamais pensé, du point de vue de ton mari, à ce que lui ressentirait ? À quel point il se sentirait coupable ? Il se détesterait à l'idée que tu sacrifies ton corps sain, ton avenir, pour que son corps infirme puisse vivre un mois de plus. Il la dévisagea, surpris par la colère qui l'habitait. Tu penses peut-être que tu es généreuse, mais c'est, en fait, être incroyablement égoïste. Parce que tu te serais sacrifiée en pensant faire ce qu'il fallait, mais tu n'aurais fait que t'épargner la douleur de le perdre. Et prendre cette douleur et la retourner contre lui aurait été deux fois plus grave !

Bailey le scruta, sa main couvrant sa bouche, les larmes aux yeux.

Et instantanément, Dakota se sentit mal. Sa colère s'évanouit. Il secoua la tête.

— Je suis désolé. Je n'avais pas le droit de dire ça…

Ce fut alors qu'Alfred entra avec des plateaux remplis de nourriture qu'il déposa sur la table.

Dakota pouvait sentir qu'elle tremblait sous le choc de ses paroles. Peut-être simplement que le scénario entier faisait trembler tout son corps… Il savait aussi, à la façon dont elle se recroquevillait sur sa chaise, le plus loin possible de lui, qu'il était la dernière personne qu'elle souhaitait voir près d'elle désormais. C'était dommage. Il avait infligé cette blessure, il devait la guérir. S'il le pouvait.

Il remplit son assiette et dit d'un ton neutre :

— Mange ! Tu ne pourras pas sortir d'ici avant d'avoir repris des forces.

Elle réprima un sanglot et se plaqua immédiatement la main sur la bouche. Il était désolé pour ce qu'il avait dit, ou du moins désolé de l'avoir dit, en public, sur un ton aussi agressif. Mais il était sincère. S'il avait été Rick, il aurait été horrifié qu'elle envisage une chose pareille.

La conversation générale reprit autour de la table pour détourner l'attention de Bailey. Il savait que tout le monde la surveillait. Cela devait être difficile. Il lui versa un verre d'eau, puis la poussa doucement en lui répétant :

— Mange !

# Chapitre 9

BAILEY SE REDRESSA lentement, attrapa sa serviette, s'essuya les yeux, se moucha, puis saisit sa fourchette. Elle ne pouvait pas s'enfuir facilement avec son dos blessé. L'effort généré par le fait de se déplacer rapidement causerait plus de dommages. La seule chose qu'elle pouvait faire était se rétablir. Elle devait le faire sans ressasser les paroles de Dakota. Parce qu'elles lui faisaient mal. Chaque mot était comme un coup d'épée dans son cœur. Il ne comprenait pas. Il ne savait pas vraiment ce que c'était que de voir quelqu'un qu'on aime mourir devant soi à petit feu. Elle avait cette expérience et elle maintenait qu'elle aurait fait tout ce qu'elle pouvait pour l'empêcher. Mais rien ne pouvait l'arrêter. La mort, impitoyable, avançait toujours.

Elle leva les yeux et vit qu'il tenait un verre d'eau devant elle. Elle l'attrapa et en but la moitié. Elle regarda son assiette remplie de nourriture, et même si elle était totalement défaite, elle savait qu'elle en avait besoin pour regagner de l'énergie. Elle prit un morceau de brocoli et en avala une bouchée. Que son humeur lui donne un goût de sciure n'était pas le problème. Alfred s'était donné beaucoup de mal pour préparer ce repas. Tout ce qu'elle pouvait faire, c'était prendre conscience que son problème avec Dakota n'était pas le même que celui de tout le monde. Ils avaient tant fait pour la protéger. Même aujourd'hui, ils faisaient de leur mieux. Il fallait qu'elle mûrisse et qu'elle se remette en question.

Elle resta assise en silence pendant quelques instants, puis releva la tête et sourit à Alfred.

— Alfred, tu es un génie.

Il lui adressa un sourire paternel.

— Je suis content que ça te plaise. Tu en veux encore ?

Elle regarda son assiette, se demanda si elle avait encore faim, puis refusa.

— Non, merci, je ne pense pas que je puisse avaler une bouchée de plus.

— Tu devrais y repenser parce que j'ai fait du cheesecake aujourd'hui.

Elle eut un pâle sourire.

— Waouh, du cheesecake ! Normalement, j'en aurais dévoré, mais je suis rassasiée, vraiment.

Il se pencha en avant, un grand sourire aux lèvres.

— Même s'il est aux citrons frais ?

Elle le regarda avec ravissement.

— C'est vrai ? Aux citrons frais ?

— C'est la seule façon de le réaliser, ma chère !

Elle lui adressa un grand sourire.

— Alors, oui, s'il te plaît, une part.

Le reste de la table se détendit et une atmosphère plus naturelle s'installa.

Évitant délibérément Dakota, elle marmonna à voix haute :

— Je suis désolée. Je me suis laissée emporter par ce sujet.

Plusieurs rires fusèrent autour de la table.

— Nous avons tous des sentiments forts à propos de quelque chose. Tu as fait ce que tu pouvais pour ton mari. C'est tout ce qu'il y a à dire.

Elle acquiesça, prit son verre d'eau et le termina. Son assiette était vide, mais les autres mangeaient encore. Elle avait désespérément envie d'une tasse de café, sucré, comme la dernière fois. Mais la cafetière était derrière elle et elle n'osait pas bouger son corps endolori dans cette direction. Elle se contenta donc d'attendre que tout le monde ait fini de manger.

Elle avait à peine décidé de se détendre et d'attendre, qu'une tasse de café chaud arriva à côté d'elle. Dakota, une fois de plus, s'occupait d'elle, répondant à ses besoins avant même qu'elle ne s'en aperçoive. Elle poussa un gros soupir et murmura :

— Désolée.

D'une voix tout aussi basse, il chuchota :

— Ne dis jamais que tu es désolée ! Tes ennemis ne te croiront pas et tes amis n'auront pas besoin de toi.

Elle sourit.

— C'est peut-être vrai, mais c'est toujours agréable à entendre quand on a fait quelque chose de mal. Ou quand on vous a fait du tort. Elle leva les yeux vers lui et sourit. Tu me pardonnes ?

Il lui adressa un sourire malicieux.

— Il n'y a rien à pardonner. Quand on aime, on aime profondément. C'est quelque chose que nous espérons tous.

Elle acquiesça et resta silencieuse jusqu'à la fin du repas. Elle repensa à toutes les années où elle avait travaillé comme cheffe. Elle avait adoré la nourriture, elle avait adoré cuisiner pour des foules. Mais, quelque part, elle s'était lassée des clients super riches, du chef morveux avec lequel elle travaillait, des propriétaires qui étaient devenus beaucoup trop difficiles, trop exigeants. Le stress était insoutenable. Puis elle avait été blessée.

Rick lui avait demandé d'arrêter. Alors qu'ils sortaient ensemble, il avait vu à quel point tout cela avait été préjudiciable pour elle. Elle avait donc pris la décision monumentale de s'éloigner de sa carrière, de son éducation et de son amour pour la cuisine. Elle avait passé beaucoup de temps à cuisiner pour Rick ses plats préférés et elle avait réappris lentement à se réjouir de la nourriture comme d'une passion.

Mais après sa mort, elle s'en était complètement détournée. Tout avait un goût de sciure. Tous ces efforts à faire pour cuisiner ou manger avaient été bien trop éreintants…

En contemplant la table devant elle, elle se rendit compte qu'elle ne s'était pas vraiment éloignée de son amour pour la cuisine, mais qu'elle l'avait plutôt refoulé au plus profond d'elle-même. Elle pourrait travailler dans un endroit comme celui-ci. Elle pourrait faire ce que faisait Alfred. Ou travailler avec quelqu'un comme Alfred. Un endroit où le stress ne serait pas uniquement le sien, où la menace d'être renvoyée ne serait pas constamment présente dans son esprit, où elle n'aurait pas à travailler seize heures par jour, tous les jours, sans la moindre pause.

Cela ne la dérangeait pas d'être acheteuse. Elle s'occupait de l'approvisionnement des restaurants. C'était donc bien son domaine, mais elle avait choisi un travail solitaire pour ne pas avoir à se réinsérer dans la société.

Vivre ce qu'elle avait vécu avec Rick signifiait prendre du recul par rapport au monde. Elle s'était sentie isolée et seule alors que la mort s'approchait. Sans groupe de soutien autour d'elle, elle n'avait pas su comment reprendre une vie plus normale. Elle avait vécu dans le froid et ne savait pas comment revenir à l'intérieur.

Jusqu'à Dakota. Il ne lui avait pas laissé le choix. Il l'avait entraînée, à coups de pied et de cris, dans ce monde où elle se trouvait. Il était un étranger pour elle. Mais l'autre monde aussi, avait été étranger et elle s'y était lentement habituée, alors elle pouvait s'habituer à celui-ci. Seulement, elle n'avait aucune raison de rester ici. Et être là signifiait les mettre tous en danger. C'était la triste vérité. Pourtant, elle avait besoin de retrouver un but. D'une certaine manière, se libérer de ses dettes avait été une bonne chose. Elle avait lésiné et économisé. Elle avait utilisé chaque centime pour rembourser les dettes médicales de Rick. Heureusement, la vente de leurs biens avait permis de les réduire avant qu'il ne meure. Maintenant qu'elle n'avait plus rien, elle était à la rue. Qu'allait-elle faire ?

— À quoi penses-tu ? demanda Dakota.

— Je me demande juste ce que je suis censée faire de ma vie maintenant.

— Occupe-toi du présent ! déclara-t-il. L'avenir se fera tout seul.

— Cela ressemble à un adage. Mon grand-père aurait pu dire cette phrase, sourit-elle.

— Qui était-ce ? demanda Sienna à plusieurs sièges de là.

— C'était un vieux cordonnier à l'époque où la profession existait encore, répondit-elle en souriant. Il utilisait plein de dictons de ce genre.

Dakota aimait écouter Bailey parler de son grand-père. Elle racontait des histoires sur la manière dont il avait élevé ses petits-enfants. Ses parents étaient morts jeunes, la laissant avec son petit frère, qui était décédé, à son tour, d'un cancer alors qu'elle n'était qu'adolescente. Sans son grand-père, elle n'aurait pas survécu non plus. Dakota était étonné de voir à quel point la malchance, les tragédies semblaient poursuivre certaines personnes. Heureusement, les pages se tournent. Dorénavant, Dakota savait que Bailey était bien partie pour vivre de bons moments, même si elle ne croyait peut-être plus ça possible. Il avait perdu de bons amis dans l'armée. La guérison prenait du temps, mais elle se faisait. On n'oublie jamais, mais vivre avec devient plus facile.

Quand Alfred amena, presque devant elle, un énorme cheesecake, Bailey gloussa de plaisir.

— Tu ne plaisantais pas. Un cheesecake aux citrons frais ! Aussitôt, elle partit dans une discussion sur les sortes de cheesecake qu'elle avait déjà essayé de préparer.

— Je pense que maintenant, annonça Alfred en souriant, j'ai essayé tous les agrumes qui existent.

— Je n'ai jamais essayé avec du pamplemousse. J'ai toujours voulu le faire.

Alfred prit un air pensif.

— Tu sais, je ne pense pas avoir jamais essayé non plus. Je me demande si ça marcherait…

Elle lui lança un regard malicieux.

— Si tu en as, on pourrait en faire un ensemble demain.

Il eut un sourire qui passa d'une joue à l'autre alors que tous deux réalisaient qu'ils étaient des âmes sœurs. C'était sûrement une bonne chose.

Le cheesecake fut rapidement découpé et distribué. Étant donné leur nombre, les morceaux se disputaient. Bailey en prit une petite part.

Dès la première bouchée, elle ferma les yeux et se laissa aller au bonheur.

— Alfred, tu es un magicien de la cuisine !

Il pouffa de rire, visiblement heureux, une belle couleur rosée apparut sur ses joues.

Dakota n'avait jamais vu Alfred comme ça. Et d'après les expressions d'Ice et Levi, eux non plus. Sur le domaine, leur groupe formait une cellule familiale solide, mais ils devaient se souvenir de ne pas tenir pour acquis le travail de chacun d'entre eux. Il prit une bouchée du gâteau et s'arrêta, bouleversé par l'explosion de saveur.

— C'est du fromage blanc ?

Bailey s'esclaffa.

— C'est du citron frais sous forme de cheesecake. Et c'est divin !

Dakota plongea dans son morceau et le savoura jusqu'à la dernière bouchée.

— Tu as raison. C'était succulent ! Il se frotta le ventre. C'était un repas génial, Alfred !

Sur ce, les convives se levèrent, ramassèrent les plats comme une armée bien entraînée, puis ils se dirigèrent vers la cuisine pour nettoyer.

Dakota remarqua la fatigue sur le visage d'Alfred. Il fronça les sourcils.

— Alfred, il est temps que tu te fasses aider en cuisine.

Alfred haussa les épaules.

— Je n'en ai pas eu besoin jusqu'à présent.

— Ce qu'il veut dire, c'est qu'il a refusé jusqu'à présent, déclara Ice. Mais c'est fini. C'est une énorme charge de travail pour une seule personne.

À côté d'Alfred, Bailey surgit, semblant bien trop agile, compte tenu de ses points de suture.

— Je peux t'aider pour les prochains jours !

— Non. Pas avec ces points de suture dans le dos, jeune fille.

Elle lui lança un regard noir.

— Tant que je n'ai pas à me pencher ou à soulever de

lourdes charges, il n'y a aucune raison pour que je ne puisse pas rester debout, ou m'asseoir, autour de l'îlot central et réaliser le travail de préparation.

Il fronça les sourcils et secoua la tête.

— Il vaut mieux que tu ne fasses rien d'autre que rester allongée dans ton lit et te détendre.

Elle ricana à ce propos.

— Impossible, je ne sais pas faire. Je suis un bourreau de travail depuis mon enfance. Cela ne changera pas maintenant ! Bailey rassembla, alors, les assiettes autour d'eux, puis se retourna avec précaution et confia toute la pile à Dakota.

Étonné, il ne dit pourtant pas un mot et les emmena dans la cuisine.

Derrière lui, il entendit Alfred se disputer avec Ice, qui souhaitait qu'il laisse Bailey travailler dans la cuisine.

Merk s'approcha et lui tapota l'épaule.

— C'est un bon choix.

Dakota le regarda, surpris, mais Merk était déjà en train de quitter la pièce.

Rhodes s'esclaffa.

— Très bon choix, même. Et il sortit à son tour.

Dakota savait ce qu'ils sous-entendaient, mais ils se trompaient. Il aidait juste une femme qu'il avait heurtée accidentellement.

Sienna se tenait à côté de Dakota, amusée.

— Tu n'as aucune idée de ce qui se passe, n'est-ce pas ?

Il lui jeta un coup d'œil.

— Ce n'est pas ça.

Elle lui adressa un sourire chaleureux.

— C'est l'une des particularités de ce domaine. Le principal intéressé est toujours le dernier au courant. Puis elle fit demi-tour et le laissa seul.

En fronçant les sourcils, il rinça la vaisselle et la chargea dans le lave-vaisselle de taille commerciale. Il restait quelques casseroles et poêles et il y avait un deuxième lave-vaisselle pour cela. Alfred aimait ranger les plats lui-même.

Le temps que Dakota retourne à la salle à manger pour prendre un autre chargement, la table était déjà nettoyée. Alfred et Bailey avaient entamé une discussion sur les puddings.

— J'aime bien faire des puddings avec du fromage crémeux, déclara Bailey.

— Cela le rend très riche.

Elle acquiesça.

— Là où je travaillais, ce type de dessert était servi en petites portions élégantes.

Dakota s'appuya contre un mur et observa, fasciné, la jeune femme s'animer, en prenant place aux côtés d'Alfred. Ice et Levi étaient assis à l'autre bout, étudiant le couple. Dakota ne savait pas vraiment où aller ni quoi faire. Il dévisagea Levi, constatant la surprise sur son visage.

Dakota se servit une tasse de café et s'assit entre les deux groupes. Il n'avait aucun droit sur Bailey, mais il voulait s'assurer qu'elle ne se coucherait pas tard. D'ailleurs, Alfred avait lui aussi l'air fatigué. Dakota n'aimait pas lui rappeler qu'il y avait de la nourriture à ranger.

— Alfred, veux-tu que je m'occupe des restes ?

Alfred regarda Dakota, étonné.

— Oh, mon cher ! Non, je vais le faire maintenant. Il se leva et se dirigea vers la cuisine. Bailey était sur ses talons. Pendant qu'ils bavardaient tous les deux, Dakota se tenait dans l'embrasure de la porte et observait la scène. Bailey comprit rapidement ce qu'Alfred était en train de faire et le précéda dans cette direction, mémorisant déjà les pas et les mouvements de l'homme plus âgé. Cela en disait long sur sa personnalité, sur son sens inné de l'attention portée aux autres, qu'il s'agisse de son mari malade ou de la restauration pour un grand groupe de personnes.

Les autres *avaient* raison, elle était un bon choix. Et lui n'était qu'un idiot, car ce n'était que maintenant qu'il se rendait compte qu'il avait déjà de sérieux ennuis.

Ice s'approcha de lui, lui tapota le dos et murmura :

— Je ne crois pas avoir jamais vu Alfred aussi revigoré !

Dakota acquiesça.

— Ou Bailey.

Elle gloussa doucement et ajouta :

— Il y a là matière à réflexion pour nous tous. Puis elle se retourna et quitta la pièce.

Dakota la suivit du regard, sans trop savoir ce qu'elle voulait dire par là.

Une fois qu'ils eurent fini de ranger, Dakota dit à Alfred :

— Je vais m'assurer que Bailey aille au lit maintenant. Elle en a probablement déjà trop fait.

— Oui. Allez vous coucher et vous reposer ! leur intima Alfred.

Il fallut sortir Bailey de la cuisine et la conduire vers l'ascenseur.

— Je ne suis pas si fatiguée que ça, protesta-t-elle.

— Peut-être pas, mais tu es restée debout la plupart de la journée, tu as beaucoup bougé. Tes points de suture ont, eux, probablement besoin que tu t'allonges de nouveau, d'accord ?

Alors qu'ils attendaient l'ascenseur, Ice s'approcha d'eux.

— Avant que tu ne te couches, nous devrions vérifier ton pansement.

Avec une grimace, Bailey acquiesça docilement et suivit

Ice jusqu'à la clinique. Là, elle s'étendit sur le lit. Bien que certains de ses mouvements soient inconfortables, elle ne criait plus à l'agonie.

Ice souleva sa chemise et ôta le bandage avec précaution.

Dakota étudia l'entaille qui traversait le centre de son dos.

— Ça n'a plus l'air bien méchant, admit-il. Heureusement pour toi, Bailey, on dirait que tu guéris vite !

— C'est bien. C'est difficile de supporter une blessure comme celle-là.

Ice la nettoya soigneusement et refit le bandage.

Une fois les soins finis, l'expression de Bailey n'était plus aussi détendue. Elle paraissait même légèrement verte. Dakota savait ce qu'elle ressentait. Ils remirent doucement Bailey debout. Avec un sourire de remerciement à Ice, il conduisit Bailey jusqu'à sa chambre.

Quand elle entra dedans, elle chuchota :

— OK, maintenant je suis prête à m'allonger.

Il ouvrit rapidement les couvertures.

— Tu as besoin d'aide ?

Elle enleva ses chaussures et murmura :

— Non merci. Ça va aller… dès que je serai de nouveau à l'horizontale.

Il resta sur le seuil de la porte, hésitant sur le fait de la laisser seule ou non. Il laissa échapper un léger soupir lorsque Bailey s'étendit prudemment sur le lit, soulagée. Elle lui fit signe qu'il pouvait s'éloigner.

— Ça va aller.

— Il est encore tôt, alors si tu te réveilles, je suis juste à côté.

— J'espère que je dormirai jusqu'à demain matin. Il faudra sans doute une bombe pour me réveiller. Elle ferma les yeux, et juste devant lui, s'endormit.

# Chapitre 10

L A SIRÈNE TRAVERSA son esprit et pénétra jusque dans son rêve. Mais ce n'était pas un rêve. Se réveillant en sursaut, Bailey se leva d'un bond et poussa un cri de douleur. Son dos s'était tordu, froissant ses muscles à l'agonie. Le bruit strident était encore plus insupportable. Elle plaqua ses mains sur ses oreilles, enfila ses pieds dans ses chaussures laissées près de son lit et se précipita pour ouvrir la porte. Tout ce qu'elle voulait, c'était que ce bruit s'arrête. Il n'y avait personne dans le couloir.

— Hey ! cria-t-elle. Qu'est-ce qui se passe ?

Dakota était soi-disant dans la chambre d'à côté. Elle frappa fort à sa porte. Elle s'ouvrit sous ses coups et Bailey put voir que la grande pièce, à la décoration masculine, était vide.

Elle s'engagea lentement dans le couloir, l'alarme lui martelant le crâne. Lorsqu'elle atteignit l'ascenseur, elle appuya sur le bouton d'appel. Il devait l'emmener au rez-de-chaussée.

Lorsque la porte s'ouvrit, plusieurs personnes s'engouffrèrent dans l'ascenseur à ses côtés. Elle les observa, surprise.

— Qu'est-ce qui se passe ? s'écria-t-elle.

Dakota pénétra le dernier dans l'ascenseur. Il s'approcha d'elle, vit ses mains sur ses oreilles et passa doucement un bras autour de ses épaules. Retirant une de ses mains, il murmura :

— La sécurité a été compromise.

Elle le contempla, horrifiée.

— Qu'est-ce qu'on fait ?

— J'allais te chercher, mais maintenant que tu es là, je t'emmène au poste de contrôle.

Elle jeta un coup d'œil aux autres.

— Et eux ?

— Ne t'inquiète pas. Tout le monde sait ce qu'il doit faire. Nous procédons régulièrement à des exercices d'évacuation.

L'ascenseur s'ouvrit sur un étage inconnu de Bailey. Plusieurs personnes sortirent avant eux. Dakota la mena vers le côté et frappa dans un tempo de rap bizarre sur une porte, qui s'ouvrit.

Ice la dévisagea, puis sourit.

— Entre !

Bailey pénétra dans la pièce, la porte se referma derrière elle, et un silence bienvenu s'installa instantanément. Elle laissa tomber ses mains de sur ses oreilles et murmura :

— Dieu merci !

Ice rit.

— Oui, c'est bruyant, mais nécessaire. Elle désigna deux chaises à l'autre bout de la salle. Prends place là-bas ! Nous sommes toujours en train de traquer l'intrus.

— Quelqu'un s'est vraiment introduit dans la maison ?

— Pas dans la maison. Mais sur la propriété, oui.

Bailey réalisa soudain que les murs de cette pièce étaient couverts d'écrans. Un géant, au crâne chauve, qui se présenta comme étant Stone, était assis devant, en compagnie de Merk. Les deux hommes étudiaient les images qui couvraient tous les coins de la propriété.

— Stone, vois-tu quelqu'un dans ton secteur ? demanda Ice en s'approchant.

— Non, pas encore. Il faut que je monte là-haut et que j'enlève quelques-uns de ces buissons. Ils sont assez grands pour cacher un homme, répondit-il.

Bailey approuva en silence.

Soudain, Merk cria :

— Là !

Il voulut se pencher en avant pour vérifier, mais le moniteur était entouré d'un nombre suffisant de personnes qui étudiaient l'intrus et son emplacement.

— D'accord, il est au nord-est, annonça Ice.

La voix de Levi se fit entendre dans un haut-parleur.

— Nous nous y rendons immédiatement.

Bailey se rendit compte que le domaine était équipé d'un système d'interphone. En suivant l'intrus et la progression de Levi, les responsables du poste de contrôle pouvaient diriger les hommes de *Legendary Security* vers l'endroit où l'assaillant s'était caché.

— Surveillez à six heures ! ordonna Ice. Nous n'en voyons vu qu'un, mais ça ne veut pas dire qu'il soit venu seul.

— Qui contrôle la route ? demanda Levi.

— La nouvelle caméra, dans le virage, est hors service. Il est possible qu'ils l'aient enlevée. Nous devons envoyer quelqu'un sur place pour la vérifier.

— OK. Il est probable qu'un véhicule soit garé là-bas. Nous avons besoin que quelqu'un aille voir.

Merk se leva.

— Je m'en occupe. Je vais passer par le tunnel. Ils ne me repèreront pas. De là, je vérifierai facilement ce virage. Et d'un coup, il partit.

Ice prit la place de Merk et tapa sur le clavier.

Bailey était à la fois fascinée, terrifiée, pleine d'espoir et complètement choquée par l'idée que quelqu'un ait tenté de s'introduire dans l'enceinte du domaine.

— Même s'ils sont entrés dans le bâtiment, ils doivent bien savoir qu'il y a plus d'une douzaine de personnes ici.

— Ils le savent. Il est probable qu'ils te cherchent.

— Oui, mais comment me trouveraient-ils ?

— Il y a de fortes chances qu'ils n'aient pas à regarder de trop près. Je soupçonne notre intrus de transporter du C-4. À mon avis, il a l'intention de tout faire exploser.

— Il ferait exploser le manoir ? ! murmura-t-elle. Pour de vrai ? !

Stone s'esclaffa.

— Oui, mais ne t'inquiète pas. Le C-4 sera détecté avant qu'il ne s'approche trop de la maison. Nous avons toutes sortes de détecteurs. Nous surveillons toujours les explosifs.

Bailey acquiesça. À l'intérieur, elle était engourdie. Qu'il soit question de l'explosion, de l'anéantissement de ce si beau bâtiment de manière aussi nonchalante était juste effrayant. Quelque chose ne tournait pas rond dans ce monde-là. Non seulement les gens pensaient que c'était justifiable, mais en plus, Ice et Stone considéraient cela comme un événement normal et banal.

— Tu veux juste voir ce qui se passera s'il s'approche suffisamment de la maison, répliqua Ice à Stone.

Il éclata de rire.

— Bien sûr que oui. C'est moi qui ai mis ce système au point. Ça a été un sacré investissement. Mais jusqu'à présent, le système de sécurité externe a toujours suffisamment bien fonctionné pour que nous n'ayons jamais pu observer un petit malin s'approchant et déclenchant la nouvelle alarme.

À moitié hébétée, Bailey écoutait. Ce n'était pas du tout son univers. Et pourtant, elle était prise au milieu de tout cela.

Une autre voix se fit entendre par l'interphone.

— Quelqu'un veut du café ?

Alfred. Le calme dans la tempête. La raison dans le chaos. L'homme normal qui effectuait un travail normal, indispensable à tous ces spécialistes. Parce que, même dans le tumulte, tout le monde avait besoin de boire et manger.

Elle se leva d'un bond.

— Je vais aider Alfred !

Ice étudia Bailey, scruta attentivement son visage et acquiesça.

— Bon, je te laisse sortir. En revenant, tu devras te tenir sur le côté gauche de la porte pour que je puisse voir ton visage. J'ai une caméra dirigée juste là. Elle indiqua à Bailey l'endroit où elle devait se tenir.

— D'accord, je peux le faire.

Ice appuya sur un bouton et un petit *clic* se fit entendre lorsque les doubles serrures se déverrouillèrent. Bailey ouvrit alors la porte et sortit.

Elle regagna l'ascenseur et descendit dans la cuisine rejoindre Alfred. Elle pénétra dans la grande pièce et le vit en train de préparer des plateaux.

— Laisse-moi t'aider !

Il l'observa.

— Bien sûr. Nous avons des hommes partout. D'une manière ou d'une autre, quelle que soit l'heure, quand quelque chose comme ça arrive, on a toujours besoin de café. Quand ce sera fini, ce sera du café mélangé avec autre chose.

Elle prit exemple sur lui et retrouva son équilibre en travaillant à ses côtés.

— Ça arrive souvent ?

— Non. Au début, des cartels de la drogue en avaient après Levi et Ice. Les choses se sont un peu gâtées à ce moment-là. Mais depuis, ils ont renforcé les défenses et ont construit une véritable forteresse. Nous organisons des exercices tous les mois. Et chaque fois qu'un nouveau système de sécurité est installé, nous disposons de suffisamment de temps pour savoir où, quand et comment réagir en cas de faille.

— C'est ton quotidien aussi, alors ?

À ses mots, il se tourna vers elle et la regarda.

— Toutes les recrues de Levi *sont* d'anciens militaires. Aucun d'entre nous ne l'est plus aujourd'hui. Les femmes nous ont rejoints une à une. L'une d'entre elles est une ancienne militaire, et bien sûr, Ice aussi. Elle est pilote d'hélicoptère, ce sont ses bébés qui sont dehors. C'*était* notre monde. Ce n'est plus le cas. Nous avons créé *ce* monde-là. C'est un havre de paix pour nous tous. Même pour ceux qui n'ont pas de formation militaire. Il lui sourit et ajouta : comme toi.

Elle lui adressa un sourire radieux et prit l'un des deux plateaux qu'Alfred avait préparés.

— Où va-t-il ?

— Si tu sais comment retourner au poste de contrôle, c'est pour Stone, Ice et Merk.

— Merk est sorti, par le tunnel, pour contrôler le virage. Il a pensé que, de là, il pourrait voir s'il y avait un véhicule sur la route. La caméra ne fonctionne plus.

Alfred haussa un sourcil.

— On dirait que tu te mets très vite au pas.

Bailey rit.

— Pas vraiment, mais si j'arrive à traverser cette épreuve sans perdre la tête, ça ira. Je me sentirai beaucoup mieux si j'arrive à être au moins aussi calme que les autres.

— Tu gères ça comme une pro !

Pour qu'Alfred ajoute quelques muffins, Bailey retira les gobelets du plateau avant de les remettre en place.

— Prends ça aussi pour Ice et Stone ! Ce sont de gros mangeurs. Et puis si tu veux, reviens !

Armée d'une mission qu'elle savait pouvoir mener à bien, elle se mit en route.

Elle se plaça pour qu'Ice puisse la voir et frappa à la porte. Ice la laissa entrer. Elle livra le café et les gâteaux, puis ressortit. Elle se dirigea vers la cuisine et constata qu'Alfred avait dû partir livrer l'autre plateau. Elle n'avait aucune idée de l'endroit où il était allé. Elle entreprit de nettoyer le peu de désordre qu'il avait mis, puis se servit une tasse de café. Comme Alfred ne revenait pas, elle s'inquiéta un peu. Elle ne savait pas comment fonctionnait l'interphone, mais si Alfred les avait appelés dans la salle de contrôle, il devait y avoir un moyen de les contacter depuis la cuisine.

Sur l'un des murs, elle trouva un écran d'ordinateur et ce qui ressemblait à des haut-parleurs. Elle appuya sur l'un des boutons et dit :

— Ici Bailey. Je cherche Alfred.

Sa voix résonna dans tout le bâtiment, ce qui la fit grimacer. Elle recula et attendit.

La voix d'Ice se fit entendre.

— Quand l'as-tu vu pour la dernière fois ?

— Après avoir livré votre café, je suis revenue ici. Il avait préparé un autre plateau, je suppose qu'il l'a pris, mais je ne sais pas où il est allé.

— Il y a dix minutes ?

— À peu près, oui.

— Donne-nous une seconde !

Bailey se souvenait de tous les écrans, de la façon dont ils pouvaient observer l'intérieur de la maison et l'extérieur de la propriété. Elle supposa qu'ils étaient en train de faire une vérification complète. Un intrus n'aurait jamais pu pénétrer aussi loin. Mais pendant qu'ils regardaient vers l'ouest, quelqu'un surveillait-il l'est ? Les portes d'entrée étaient fermées, mais était-il possible de passer par-dessus ou sous terre ? Comme dans le tunnel. Elle appuya sur le bouton et demanda :

— Y a-t-il un moyen de voir à l'intérieur du tunnel ?

La voix d'Ice s'intensifia.

— C'est sur la caméra hors service. J'ai besoin que tu reviennes ici, maintenant !

Entendant la note autoritaire de sa voix, Bailey quitta la cuisine en courant et se dirigea vers l'ascenseur. Il était ouvert. Elle entra et ferma les portes, souhaitant qu'il aille plus vite. Elle appuya sur le bouton du troisième étage. Au moment où elle recula pour s'adosser à la paroi, un bras s'enroula autour de son cou et une main se plaqua sur sa bouche.

Elle laissa échapper un cri étranglé, mais si bas qu'elle savait que personne ne pouvait l'entendre. Elle n'avait plus d'air. Elle voulait se battre, mais n'en avait pas la force, et quel que soit le mouvement qu'elle faisait, son dos hurlait de douleur. Mais hurler de douleur était bien mieux que de se laisser abattre par ce connard. Elle fit le choix de rester immobile. Et d'attendre les instructions.

Lorsque la voix, rauque et éraillée, murmura à son oreille, elle sut qu'il s'agissait de la pire issue possible.

L'inconnu lui annonça :

— Salope, tu vas recevoir la tienne, maintenant.

DAKOTA SE DÉPLAÇAIT rapidement à l'extérieur du bâtiment, à la recherche de l'intrus qui aurait pu franchir le périmètre extérieur. Ils manquaient de personnel. Mais les personnes restées sur place avaient toutes pris les postes nécessaires pour gérer les paramètres du système de sécurité. Son casque grésilla.

— Merk est sorti du tunnel pour vérifier l'angle mort. La nouvelle caméra ne fonctionne plus.

Dakota pivota, regardant dans la direction du virage à l'angle de la route, une zone qu'ils pensaient avoir vérifiée. Mais si cette caméra était en panne, c'est que quelqu'un avait contribué à la déconnecter. Dans ce cas…

Il appuya sur le bouton de son communicateur.

— Merk a-t-il confirmé sa position ?

— Non. La voix d'Ice changea. Tu peux vérifier ?

Il contourna le bâtiment et courut vers la colline en direction de la sortie du tunnel. Au moment où il atteignait le sommet, il se laissa tomber au sol et s'approcha pour regarder en contrebas.

— Un véhicule est à l'ouverture. Pour l'instant, aucun signe de Merk. Dakota descendit de quelques mètres jusqu'à un petit affleurement. Là, il se faufila jusqu'à l'avant, où se trouvaient les plus gros arbustes. Le tunnel sortait juste à côté. Il s'avança. La lumière de la lune lui révéla alors un triste spectacle.

— Des empreintes de pas au niveau du tunnel ! annonça-t-il. Alors qu'il les étudiait, son cœur se serra.

— Quelle direction ? demanda Ice, froidement.

— La mauvaise. Vous avez un intrus dans la maison. Je

répète, vous avez un intrus dans la maison. J'entre par le tunnel.

Il jeta un dernier coup d'œil en contrebas. Il ne pouvait pas dire si quelqu'un attendait dans le véhicule, prêt à démarrer pour fuir, ou si l'intrus prévoyait de conduire lui-même, une fois son plan exécuté.

— Le camion est toujours là. Nous ne savons pas s'il y a un ennemi à l'intérieur. Je me tais. Il coupa sa communication et se glissa dans le tunnel.

De petites lumières longeaient le tunnel, juste assez pour qu'il puisse voir devant lui. Le tunnel était dégagé. Se déplaçant aussi légèrement que possible, il s'engouffra le long passage. Cette ouverture avait été construite bien avant qu'ils ne s'installent sur le domaine. Cette petite entrée secrète dans la propriété était l'une des plus grandes découvertes de Levi. Mais si quelqu'un d'autre la trouvait, elle devenait une faiblesse.

Le cœur de Dakota battait la chamade : Bailey était à l'intérieur du manoir. Et la connaissant, elle n'était pas restée en place. Il voulait envoyer un message à Ice, mais il ne pouvait pas prendre le risque. Il devait croire que tout le monde faisait son travail. Mais il pouvait vérifier.

— Ice, Bailey va bien ?

— Non, répliqua Ice d'une voix sèche. Bailey cherchait Alfred, on lui a ordonné de retourner au poste de contrôle à cause du problème de caméra, mais elle n'est pas arrivée. Je la cherche.

*Merde !*

Il traversa le tunnel sans remarquer de signes d'intrusion. Ce n'était pas bon signe. Alors qu'il s'approchait de l'accès menant à la maison, il découvrit un corps inanimé. À l'aide de la lumière de son portable, il vérifia et trouva Merk, sur le côté, du sang suintant d'une blessure à la tête.

Il cliqua sur son communicateur et chuchota :

— Merk est à terre. Je répète, Merk est à terre. Blessure à la tête nécessitant des soins immédiats. À deux mètres de l'entrée de la maison, à l'intérieur du tunnel.

Il n'attendit pas de réponse et coupa sa communication tout en se glissant jusqu'à l'accès de la maison. Il déverrouilla les fermetures et entrouvrit l'une des deux portes pour pouvoir vérifier la zone. Deux miroirs délibérément accrochés à l'intérieur permettaient, en poussant chaque porte d'un demi-pouce, de voir l'un des deux miroirs, ce qui donnait une vue du hall. Il était vide. Il se glissa à l'extérieur.

Où était passé l'intrus ?

Au rez-de-chaussée, Dakota se dirigea silencieusement vers la droite, vérifia la cuisine et la salle à manger. Il n'y avait personne, mais quelqu'un avait été là. Des plateaux de café, certains pleins, d'autres vides, étaient posés sur le comptoir. Il balaya rapidement le salon du rez-de-chaussée, la salle de télévision et même les salles de réunion. Plus de trois mille mètres carrés en une seule longue section. Il n'y avait personne. Cela signifiait que le salaud était monté.

Dakota ne savait pas combien il y avait d'intrus. Il emprunta la cage d'escalier la plus proche et la parcourut rapidement. Elle était vide. Il redescendit prestement et appuya sur le bouton de l'ascenseur. Celui-ci prit son temps. Comme s'il était descendu des étages supérieurs. Il était vide.

Il se dirigea vers les marches et courut jusqu'au deuxième étage. Là, il se faufila au coin du couloir. C'est à cet étage-là que se trouvaient la plupart des chambres. Il pouvait fouiller toutes les pièces, mais il n'avait aucun moyen de savoir où se trouvaient les autres sans révéler sa position à ce connard. Il avait besoin que l'alarme sonne l'alerte qu'un intrus avait réussi à pénétrer à l'intérieur et à monter à l'étage. Il tapota sur son communicateur et donna l'ordre.

Instantanément, un battement rythmique violent traversa la maison. Il entendit plusieurs chambres se verrouiller de l'intérieur. C'était une bonne chose. Cela signifiait que certains des leurs, désignés comme équipe de secours, étaient enfermés et en sécurité. Il se précipita dans sa chambre et la vérifia rapidement. Elle était vide. Il ouvrit ensuite la chambre de Bailey. Malheureusement, elle aussi était complètement vide.

Alors qu'il se tenait dans sa chambre et qu'il surveillait le couloir, il cliqua sur son communicateur et dit :

— Bailey n'est pas dans sa chambre. Elle est introuvable.

La voix d'Ice répondit clairement.

— Je la vois. Elle est au troisième étage, elle marche devant nos caméras. Elle n'est pas seule. Un seul tireur, un fusil d'assaut sur l'épaule, deux armes de poing, une dans la nuque. Alfred n'est pas là non plus. Je répète, Alfred a également disparu.

Merde ! Quand les choses tournaient mal, elles le faisaient franchement. Quelqu'un devait rejoindre Merk et trouver Alfred. La priorité consistait à éliminer le tireur. Ice allait organiser l'aide pour les autres. Dakota se rendrait au dernier étage avant de faire quoi que ce soit d'autre.

Au moment où il s'engageait dans le hall et tournait au coin, les portes de l'ascenseur s'ouvrirent. Levi et Rhodes en sortirent, tous deux armés et prêts à combattre, l'air sombre. Dakota les informa de la situation.

Levi acquiesça.

— Nous avons transféré Merk dans la clinique. Stone restera avec Ice au poste de contrôle. Elle n'est pas armée.

— Le tireur et Bailey sont à l'étage, ils se dirigent soit

vers les bureaux soit vers le poste de contrôle.

— Un enculé s'est procuré les plans de la propriété, murmura Rhodes, furieux. Nous devons régler ça.

Dakota acquiesça. Non pas que ce soit facile.

— Il aurait pu venir de n'importe quel endroit.

Ils se séparèrent et prirent trois chemins différents pour monter à l'étage. Dakota se rendit directement sur le toit. De là-haut, il pouvait descendre par un escalier de secours sur deux côtés. Cela lui permettrait de faire le tour et d'entrer dans la chambre de Levi, puis de se rendre dans le couloir. Avec un peu de chance, il devrait voir le tireur et Bailey.

Il descendit par l'escalier le plus proche, ouvrit la fenêtre et se glissa dans la chambre. De là, il fit glisser un petit panneau sur le mur intérieur qui lui offrait non seulement une vue sur le couloir, mais aussi un espace assez dégagé pour viser si besoin.

Il aperçut le tireur. Il se tenait debout, regardant autour de lui comme s'il se dirigeait vers une pièce en particulier. Dakota ne perdit pas un seul instant. Alors que l'intrus se retournait et s'éloignait de Bailey, il tira. La balle percuta la main de l'homme et son arme s'envola. Il rugit et tenta d'attraper son deuxième pistolet. Mais Levi était déjà sur lui.

Bailey, maintenant libre, courut vers le mur le plus éloigné. Elle s'abrita juste en dehors du champ de vision de Dakota. Dakota sortit de la chambre et courut à ses côtés. Il se planta devant elle et lui demanda :

— As-tu vu un deuxième homme ?

— Non. Il n'y a qu'un seul homme qui m'a attrapée dans l'ascenseur. Je n'ai vu personne d'autre.

Levi avait déjà menotté les mains du tireur dans son dos. L'homme se débattait toujours, se tortillant pour donner un coup de pied à Levi.

Dakota abattit sa botte sur la tête de l'homme. Il s'effondra, silencieux. La dernière chose dont ils avaient besoin, c'était qu'il donne l'alerte si un deuxième intrus était présent.

Rhodes les rejoignit, s'approcha de la porte du poste de contrôle, où Ice put voir son signe du pouce levé. La porte s'ouvrit immédiatement.

Ice, sortie, jeta un coup d'œil au tireur à terre, prit l'une des deux armes que Rhodes tenait et lança :

— Je dois aller à la clinique.

Bailey la regarda.

— Quelqu'un est blessé ?

Ice se dirigea vers l'ascenseur. Lorsqu'il s'ouvrit, elle lança :

— Merk.

Dakota essaya de l'arrêter, mais rien ne pouvait arrêter Bailey quand elle voulait partir. Elle s'élança vers l'avant, parvenant de justesse à entrer dans l'ascenseur avant qu'il ne se referme.

Il fixa l'ascenseur fermé.

— Merde !

Ce n'était pas exactement comme cela qu'il pensait que la soirée se terminerait.

# Chapitre 11

— JE PEUX t'aider, dit Bailey en s'appuyant sur la paroi latérale de l'ascenseur.

Ice lui lança un regard en biais et commenta posément :

— Cette affirmation serait plus convaincante si tu pouvais te tenir debout.

— Laisse-moi un instant ! rétorqua Bailey en riant à moitié. Je n'ai pas l'habitude d'être tenue en joue.

— Tu n'y es peut-être pas habituée, mais tu t'es bien débrouillée.

Bailey secoua la tête.

— Tout ce à quoi j'ai pensé, c'est au nombre de fois où, lorsque Rick était mourant, j'ai souhaité mourir à sa place. Le nombre de fois où, depuis sa mort, j'ai souhaité que le combat soit terminé, que je puisse le rejoindre. Et soudain, avec un pistolet pointé sur ma tête, tout ce à quoi j'ai pensé, c'est à quel point je veux vivre !

Ice se tourna vers Bailey et lui adressa un merveilleux sourire.

— C'est la bonne décision. Parce que, même dans la mort, ceux qui restent doivent faire leur deuil. Quand tu acceptes qu'il y a encore une vie pour toi, alors tu comprends que tu dois te battre, peu importe ce qui se passe. L'avenir, c'est d'avoir une chance de vivre. Cela en vaut la peine !

— Pendant un instant, j'ai pu voir le visage de mon mari. Ce sourire qu'il avait juste avant de mourir, avoua Bailey, sentant les larmes monter. J'ai pensé que j'allais le rejoindre. Et puis il y a eu cette fraction de seconde… comme si je me déplaçais dans le temps… Et j'ai vu le visage de Dakota. Elle secoua la tête. Je suis sûre qu'il en rirait…

— Non. Dakota en serait honoré.

— Je ne le connais même pas.

— Tu sais tout ce qui est important en ce qui le concerne. Tu sais qu'il ne laisserait jamais une femme blessée dans la rue. Tu sais qu'il ne laisserait jamais tomber une personne sans protection et ayant besoin d'aide. Tu sais qu'il est honorable, intègre et prêt à tout pour aider quelqu'un. Peu importe les autres qualités qu'il possède lorsque celles-ci sont au cœur de sa personnalité. Tu pourras gérer tout le reste.

— Je ne sais même pas s'il est libre, murmura Bailey, au cas où quelqu'un d'autre l'entendrait.

Elles sortirent de l'ascenseur et se dirigèrent vers la clinique. Bailey courait presque pour suivre Ice, ses longues jambes avalaient les kilomètres.

Dans la clinique, Sienna et une autre femme se tenaient aux côtés de Merk. Sienna leva les yeux avec soulagement.

— Je n'ai pas trouvé d'autres blessures. On dirait un traumatisme crânien avec un objet contondant.

— Cela aurait pu être bien pire, annonça Ice en l'approuvant.

— C'est possible. Mais c'est déjà assez grave, dit l'autre femme.

Ice se pencha vers la table sur laquelle Merk était allongé.

— Katina, il s'en sortira. Si quelqu'un dans cette maison a la tête dure, c'est bien Merk, s'esclaffa Sienna.

— J'aurais dit que Rhodes méritait ce prix-là !

Bailey se tint aux pieds du blessé, son regard étudiant sa posture.

— Avez-vous vérifié s'il y avait des fractures ou autre chose ?

Sienna acquiesça.

— Une recherche rapide. Pourquoi ? Tu vois quelque chose ? Elle rejoignit Bailey.

— Son genou a l'air bizarre, déclara Bailey.

— Traumatisme crânien d'abord. Les genoux ensuite, lança Ice.

Elle se mit à nettoyer la plaie. Bailey, étonnée, la regarda tondre et couper les cheveux, ausculter les os autour de la plaie et demander à Katina d'aller chercher l'appareil de radiographie portable. Une machine professionnelle en acier inoxydable fut immédiatement transportée sur place et Ice prit des clichés. Lorsqu'elle revint avec une copie numérique sur la tablette qu'elle tenait à la main, elle déclara :

— Il a une commotion cérébrale, mais aucun os n'a été brisé. On peut s'en occuper.

Elle se mit rapidement à recoudre la plaie. Cela fait, elle se retourna pour examiner le reste du corps.

— Sa tension artérielle est bonne. Il aura un méchant mal de tête et il sera bien énervé quand il se réveillera.

— S'il se réveille…, marmonna Katina d'une petite voix.

Bailey comprenait ce que Katina ressentait. Le nombre de fois où elle s'était allongée à côté de Rick lorsqu'il était si malade et où elle savait que c'était pour elle, non pour lui, qu'elle l'avait réveillé. Il aurait été tellement plus doux de le laisser fermer les yeux, rendre son dernier souffle et quitter cette existence. Pourtant, tout ce qu'elle voulait, elle, c'était qu'il se réveille.

Ice procéda ensuite à un rapide examen du genou de

Merk.

— Il est gonflé, comme s'il était tombé dessus. Nous allons mettre de la glace. Il a une bonne mobilité, aucune fracture apparemment. Je vais quand même faire une radio.

Bailey réalisa à quel point elle avait été stupide de penser qu'elle pouvait l'aider. Ice avait la situation bien en main. Et avec déjà deux assistantes, Ice n'avait pas besoin d'elle. Elle se dirigea lentement vers les chaises situées sur le côté et s'assit.

Ice lui jeta un coup d'œil rapide.

— Tu vas bien ?

— Je viens de réaliser que tu n'as pas besoin de moi ici.

— Pas sûr…, commenta Ice. La nuit vient à peine de commencer. Il m'est arrivé d'avoir jusqu'à quatre patients à la fois. Et puis je n'ai pas assez de mains. Je ne peux pas tout faire en même temps.

— Et si ça devient vraiment moche ?

Ice leva la tête de l'étude du genou de Merk et fixa Bailey.

— Si c'est si grave, je fais chauffer l'hélicoptère et nous nous rendons à l'hôpital. Chacun des hommes et chacune des femmes, vivant dans cette maison, est sous ma responsabilité. Je ferai tout mon possible pour m'assurer qu'ils reçoivent les meilleurs soins.

Bailey crut Ice sur parole. Cet endroit était une sacrée unité. Ils étaient tous très chanceux d'habiter ici et d'être ensemble.

— Quelqu'un a-t-il trouvé Alfred ?

Les deux femmes se regardèrent. Ice déclara :

— Je crois que les hommes sont en train de le chercher. Elle jeta un coup d'œil sur le deuxième lit. Il y a des chances qu'il soit là dans quelques minutes.

Bailey se redressa et se dirigea vers la double porte vitrée, pénétrant dans le couloir.

— Où est sa chambre ?

Katina s'approcha d'elle.

— Laisse-moi te montrer ! Katina conduisit Bailey à l'un des étages inférieurs.

— Pourquoi Alfred aurait-il sa chambre ici ?

— En fait, il a un appartement pour lui tout seul. Il n'y a pas de sous-sol de son côté.

Elles s'approchèrent d'une porte d'apparence modeste. Katina frappa fort. Pas de réponse. Elle essaya la poignée et la poussa.

— Alfred, tu es là ?

Pas de réponse non plus.

Katina appuya sur l'interrupteur. Elles cherchèrent toutes deux à s'assurer qu'il n'était pas blessé quelque part.

Bailey remarqua les portes vitrées, encastrées dans une paroi rocheuse.

— C'est incroyable. Comment s'est-il retrouvé avec ça ?

— La pièce elle-même était déjà là, construite dans la roche, mais Levi et Ice l'ont aménagée pour lui.

Bailey aimait la beauté naturelle de cet espace, la lumière qui brillait à l'intérieur. Elle fit demi-tour et se dirigea vers la sortie.

— Nous devrions informer Ice qu'Alfred n'est pas là.

— Absolument. Faisons un petit tour par ici pour nous assurer qu'il n'est pas ailleurs.

Sous la conduite de Katina, Bailey visita une immense salle d'entraînement, diverses réserves, plusieurs chambres froides et une myriade de pièces vides. L'endroit semblait s'étendre à l'infini.

— Ce site est immense ! s'exclama-t-elle encore quand elles ouvrirent une autre pièce qui semblait être un immense débarras. Katina acquiesça.

— Oui, en effet.

Devant elles se trouvait la grande porte d'un congélateur à double battant avec une serrure à l'extérieur. Katina prit la clé sur le côté, déverrouilla la porte, et avec l'aide de Bailey, elles l'ouvrirent pour révéler une énorme chambre froide. Heureusement, pas d'Alfred à l'intérieur. Les portes refermées et le verrou remis en place, les deux femmes revinrent auprès d'Ice.

Devant son regard interrogateur, Katina secoua la tête.

— Aucun signe de lui nulle part, et oui, nous avons vérifié à l'intérieur de la chambre froide.

— Je le prends comme un bon signe, répliqua Ice. L'équipe n'a pas encore trouvé de second intrus. Mais ils sont sur le coup. Merk étant pris en charge pour le moment, je vais me joindre à la recherche d'Alfred.

— Où pourrait-il être ? demanda Bailey.

— Ce lieu est immense. Donc dans n'importe laquelle des chambres, des salles de stockage, des placards ou des bureaux. Ice haussa les épaules. Nous allons procéder à une recherche complète maintenant. Elle fit signe à Katina. Tu restes ici et tu surveilles Merk.

Katina s'approcha, saisit la main de Merk et murmura :

— Toujours.

Ice fit glisser une chaise de bureau à côté du lit.

— Tiens ! Mets-toi à l'aise et appelle-moi quand il se réveillera ! Je t'enferme momentanément. Elle frappa une série de chiffres sur le clavier à l'intérieur de la pièce.

Cette fois-là, ce fut Ice qui ouvrit la voie. Une fois de plus, ses longues jambes avalèrent rapidement la distance, si bien que Bailey dut courir pour la suivre. Sienna aussi, ce qui rassura un peu Bailey.

Au lieu de prendre l'ascenseur, Ice emprunta les marches, deux par deux, jusqu'au premier étage. Elle commença par la cuisine, vérifiant le garde-manger ainsi que tout espace assez grand pour cacher Alfred.

Lorsqu'elle regarda le lave-vaisselle commercial, l'estomac de Bailey se serra. Était-ce vraiment une option ? Elle espérait que non. Car cela signifierait que quelqu'un avait plié le pauvre vieux et l'avait caché là où on ne le verrait pas. Le pire aurait été que ces salauds aient mis en marche ce fichu appareil. Heureusement, il n'y avait que de la vaisselle.

Un peu troublée, Bailey ralentit le pas et suivit les femmes pendant qu'elles passaient systématiquement en revue la cuisine, la salle à manger, le coin salon avec ses petites tables, l'immense salle de séjour… Vérifiant tous les coins et recoins, elles arrivèrent à un ensemble de doubles placards miroir à l'extérieur de l'entrée principale, dans le couloir de gauche.

Ice les ouvrit et avec un cri de surprise, rattrapa Alfred qui tomba doucement à terre.

Bailey se précipita aux côtés d'Alfred. Elle s'agenouilla et chercha un pouls.

— Il est vivant.

Ice entra en action et procéda à un examen complet du corps.

Bailey fixa l'endroit où ils l'avaient trouvé. Il s'agissait d'un placard à balais. D'une manière ou d'une autre, Alfred avait dû être pris au dépourvu. Mais pas ici. Il ne livrait pas du café chaud et des muffins au premier étage. Il avait été attaqué ailleurs et caché ici. Où était son plateau ? Elle examina Alfred de plus près et trouva du sang sur sa tempe gauche, mais pas autant que sur la tête de Merk. Alfred avait été appuyé contre une porte ; l'autre porte s'était refermée sur lui. Lorsque les deux portes avaient été ouvertes, il était tombé.

Ice pressa quelque chose dans son oreille. C'est à ce moment-là que Bailey réalisa pour la première fois qu'Ice était en communication avec le poste de contrôle depuis le début.

— Nous avons trouvé Alfred. Lui aussi est blessé. À la tête. Dans le placard avant, dit Ice.

Un étrange grésillement statique suivit lorsque quelqu'un répondit. Après avoir terminé, elle se leva et se dirigea vers le placard pour voir si quelque chose était différent. Ice déclara :

— Je suis la dernière personne à pouvoir dire s'il manque quelque chose ou si quelque chose a été ajouté ou changé ici. Elle secoua la tête.

Le panneau du mur opposé s'ouvrit alors et Dakota surgit en courant. Il tenait une arme à la main et un fusil en bandoulière, accroché à son dos.

Bailey se redressa, surprise.

Il s'arrêta brusquement, son regard se porta sur elle et retomba immédiatement sur Alfred, puis de nouveau sur elle.

— Tu es blessée ? ! aboya Dakota.

Elle secoua la tête en silence. Outre le fait qu'il l'avait étonnée par son apparition soudaine, elle ne savait pas trop quoi penser de sa tenue, entièrement équipée, armée en mode guerrier. Son regard se porta sur la double porte derrière lui.

— Je ne savais même pas que ces portes existaient, expliqua-t-elle. On dirait juste les panneaux du couloir.

Il acquiesça.

— Je vérifiais de nouveau le tunnel pour m'assurer que personne n'y était entré, après que Levi a fait sortir Merk.

— Et Levi ? demanda Ice.

— Il devrait descendre d'un moment à l'autre avec son prisonnier.

— Bien, rétorqua Ice. Je veux parler à cet homme. Elle indiqua Alfred. Tu peux ?

Dakota rangea son arme, se pencha et souleva doucement Alfred, le prenant dans ses bras pour l'emmener dans la clinique, suivi d'Ice, Bailey et Sienna.

Alors qu'ils franchissaient tous le seuil de la clinique, le regard de Katina s'écarquilla à la vue d'Alfred.

— Oh, mon Dieu ! Il est blessé lui aussi ?

Dakota le déposa délicatement sur le deuxième lit et s'écarta du chemin. Des bruits se firent entendre dans le coin. Il recula et fit un signe de tête à Ice.

— C'est Levi.

D'une voix posée, elle déclara :

— Je veux que le tireur soit conscient quand j'arriverai.

DIEU MERCI, BAILEY allait bien.

Il était difficile d'expliquer l'intense soulagement qui envahit Dakota lorsqu'il réalisa que Bailey était saine et sauve. Il l'avait tellement échappé belle dans sa vie qu'il savait qu'un jour ou l'autre, il ne s'en sortirait pas. Mais perdre Bailey… Lorsqu'il avait soulevé Alfred, Dakota avait eu un second choc. L'homme était un poids plume, rien pour lui, malgré son air imposant. Dakota ne savait même pas quel âge il avait. Il lui avait toujours semblé en forme et capable, mais il était de petite taille, et en ce moment, avec une blessure à la tête, il paraissait incroyablement faible et vieux.

Dakota se retira, laissant Alfred entre les mains expertes d'Ice et suivit le bruit jusqu'à l'endroit où Levi avait emmené son prisonnier.

Les hommes, lorsqu'ils n'étaient pas en mission à l'extérieur, étaient en train d'installer une prison de fortune au sein du manoir. En créer une vraie nécessitait des travaux structurels dans lesquels ils ne souhaitaient pas se lancer pour le moment. Dakota restait dubitatif, il n'était pas sûr qu'une autre option fonctionnerait. Honnêtement, ils pourraient parfaitement effectuer ces travaux eux-mêmes. Certes, ils n'obtiendraient jamais de permis pour cette réalisation, mais comme il n'était pas souhaitable que qui que ce soit connaisse l'existence de ce lieu…

Si on savait où chercher, dorénavant, Internet rendait tout accessible.

Dakota s'approcha pendant que Levi retirait la chaussure du prisonnier. Il était réveillé, mais attaché à une chaise, ses jambes sanglées avec des liens spéciaux aux pieds, ses poignets menottés et maintenus au dossier avec du ruban adhésif. Pour plus de sûreté, son cou avait également été scotché au dossier de la chaise.

Dakota s'avança derrière Levi.

— Son visage ne m'est pas familier. J'ignore qui il est.

— Nous aussi, répondit Levi. Il le photographia avec un téléphone portable et dit : voyons si l'inspecteur Mannford le connait !

— Ce n'est pas l'un des hommes de main habituels… Je suppose qu'il s'agit d'un mercenaire. Dakota étudia l'homme, à l'affût d'une réaction. Mais tout ce qu'il obtint fut un regard glacial. Il était peut-être un peu trop bien armé pour être un homme de main ou un mercenaire… Il connaissait aussi les plans de la propriété. On dirait un pro.

— Comme vous ? demanda Bailey.

Dakota lui jeta un coup d'œil et secoua la tête.

— Non, pas du tout. Nous, nous protégeons, servons et

sauvons. Les mercenaires et les assassins exécutent toutes sortes de choses, allant du simple enlèvement à l'élimination de dirigeants puissants. Ils ont souvent un contrat leur désignant une cible particulière. Ils agissent et disparaissent, moyennant une somme d'argent prédéterminée.

Elle haussa les épaules.

— C'est la même chose, pour moi.

— Non, pas tout à fait.

Dakota avait observé le visage de l'intrus pendant son explication. L'homme n'avait pas du tout apprécié son commentaire.

— Oui, c'est un pro. Ou il veut qu'on pense qu'il est un pro. Il n'aime pas l'idée d'être traité de mercenaire.

— Les pros ont une certaine éthique professionnelle, rétorqua l'intrus. Les mercenaires ont juste des prix.

— Ce sont les mêmes merdes, énonça Levi, la voix dure.

— C'est loin d'être le cas. L'un a un code à respecter. L'autre accepte n'importe quoi. Il y a une hiérarchie dans toutes les professions.

Bailey ricana.

— Je suis certaine que la fierté d'un pro est modulable en fonction du salaire proposé.

D'un geste qui les surprit tous, elle s'approcha de l'intrus, prit son élan et lui décocha une gifle retentissante.

Il lui lança un regard noir.

— Ça, c'est pour avoir frappé Alfred, précisa-t-elle. Tu n'es pas un pro si tu dois blesser un vieil homme.

Bien qu'étonné par son agissement, Dakota était tout à fait d'accord avec elle, même s'il était presque sûr qu'Alfred n'aimerait pas qu'on le qualifie de vieil homme.

Levi s'adressa à Bailey :

— Tu devrais retourner à la clinique.

Elle lui fit face.

— Allez-vous le tuer ?

Les sourcils de Levi se levèrent et il la fixa.

— Tu t'en soucies ?

Elle réfléchit un long moment puis annonça :

— Je ne peux pas dire que je souhaite vraiment que cela arrive, mais s'il attaque quelqu'un d'autre, je suis d'accord. Après ce qu'il a fait à Alfred et Merk, il mérite la même chose, mais je ne veux pas que tu aies des ennuis.

Les lèvres de Levi dessinèrent un sourire.

— D'accord, alors je ne le tuerai pas, sauf s'il m'attaque.

— Et s'il s'en prend à Dakota, je le tuerai moi-même. Elle lança un regard d'avertissement à l'intrus, notant la stupeur dans ses yeux. Sur ce, elle quitta la pièce.

Dakota secoua la tête, un grand sourire aux lèvres.

— Waouh, c'est cet endroit et cet intrus ou alors Bailey a toujours été comme ça ?

# Chapitre 12

BAILEY NE VOULAIT pas retourner à la clinique. Elle se dit que maintenant que l'excitation était retombée, tout le monde allait avoir faim. Elle consulta sa montre, six heures. Il était effectivement l'heure du petit déjeuner ou, du moins, du café. Tout ce qui n'était pas du café prendrait probablement encore au moins une heure à préparer.

Alfred ne pourrait pas cuisiner aujourd'hui. Peut-être pas avant plusieurs jours. Elle ne voulait pas entrer dans son domaine sans sa permission, pourtant c'était la seule chose qu'elle pouvait faire pour l'aider. Ne sachant pas ce qu'elle devait préparer, elle monta à la cuisine et commença par du café.

Elle examina le contenu de la cuisine pour voir si Alfred avait prévu un petit déjeuner. Le petit congélateur contenait un grand nombre de saucisses et du bacon, mais Bailey ne trouva rien de décongelé. Comme elle n'était là que depuis une matinée, elle ne savait pas s'il faisait un tel festin tout le temps ou si c'était seulement à cause de l'affluence. La chambre froide était en bas, elle n'était pas sûre d'être capable de sortir la nourriture et de la monter.

Elle aperçut alors un deuxième réfrigérateur. Elle l'ouvrit, et à sa grande joie, le trouva rempli de légumes frais, de fruits et de plusieurs grosses poitrines qui attendaient d'être cuites. Cela, elle pouvait s'en charger, même si c'était probablement pour le dîner.

En se tournant lentement dans la cuisine, elle se demandait ce qu'elle allait préparer pour le petit déjeuner. Bien sûr, elle pouvait faire des œufs au plat, mais elle ne savait pas combien de personnes ici les aimaient de cette façon. Elle aurait aimé trouver une réponse plus simple.

Elle fronça les sourcils. Alfred ne manquerait pas d'ingrédients de base. Dans ce cas, elle pourrait, peut-être, préparer une énorme fournée de brioches à la cannelle. Elle consulta à nouveau sa montre et calcula le temps, réalisant que ce serait serré. La pâte devait lever au moins une fois, cela dit, elle connaissait quelques astuces pour accélérer le processus. Elle fouilla dans les placards, se demandant si elle disposerait de tout le nécessaire.

Très vite, elle trouva ce dont elle avait besoin. Sur l'îlot central complètement débarrassé, à l'aide du plus grand saladier qu'elle put trouver, elle se mit au travail. Rhodes arriva le premier, à la recherche de café. Il servit plusieurs tasses et la regarda avec curiosité, mais ne dit pas un mot. Il remplit un plateau et disparut.

Bailey se rendit compte qu'il avait presque vidé la cafetière. Elle en mit une deuxième à couler et continua la préparation du petit déjeuner. Elle ne lui avait pas adressé la parole non plus, se contentant d'un petit sourire. Elle ne savait pas vraiment si le fait d'envahir le domaine d'Alfred était un gros problème ou non. Elle travailla aussi vite qu'elle le put, voulant terminer les brioches avant que quelqu'un d'autre n'arrive.

Cela faisait longtemps qu'elle n'avait pas eu à cuisiner à ce rythme, mais elle s'y remit rapidement. Ses mains prirent facilement le tempo dont elle avait besoin pour faire d'énormes blocs de pâte.

Tout en travaillant, elle fredonnait doucement. Elle avait oublié le plaisir de cuisiner. Quelque part, elle avait oublié le bonheur d'être en vie. Si elle avait appris une chose de tout ce gâchis, c'était qu'elle devait profiter de chaque jour, pas seulement des jours spéciaux. Il y avait eu peu, très peu, de jours spéciaux dans son quotidien depuis fort longtemps.

Une fois les brioches enfournées, elle nettoya, essuya le comptoir et lava la vaisselle. Soudain, elle entendit un bruit derrière elle.

Alfred, appuyé sur le bras d'Ice, se tenait avec une fierté obstinée dans l'embrasure de la cuisine.

Bailey se précipita.

— Comment te sens-tu ? Tu es sûr que tu devrais être debout ?

Il lui tapota la main et lui adressa un petit sourire.

— Bien sûr que je devrais être debout. Ce n'était qu'un coup sur la tête !

— Un coup qui aurait pu être très grave ! ricana-t-elle.

Ice le conduisit jusqu'à la petite table et le fit s'asseoir. Bailey saisit une tasse, la remplit et la lui apporta.

Ice s'adressa à Alfred, avec un signe de tête vers Bailey.

— En ce qui me concerne, tu as trouvé ton partenaire pour les prochains jours. N'oublie pas que si besoin est, tout le monde ici peut se débrouiller pour manger. Je peux aussi cuisiner si nécessaire. Je l'ai déjà fait.

Alfred lui sourit.

— Bailey et moi avons des choses à régler. Nous nous débrouillerons.

Ice prit une tasse de café et disparut. Il se pencha sur la table et demanda à voix basse :

— Très bien, quel genre de brioches à la cannelle as-tu fait ?

— Tu es d'accord ? Je me suis sentie très mal en pensant que j'allais peut-être marcher sur tes plates-bandes.

Il se redressa avec un soupir de lassitude.

— C'est un sacré soulagement, voilà ce que c'est.

— Mais ils sont tous habitués à des choses comme les saucisses, les pommes de terre rissolées et les crêpes. Je ne savais pas si les brioches seraient bien accueillies ou non. Il y a du sucre.

— Ce sera rafraîchissant. Chacun d'entre eux a un sacré penchant pour les sucreries. Ils survivront. Si tu en fais assez. Il tourna la tête vers elle, une question dans les yeux.

Elle grimaça.

— J'ai quadruplé les proportions normales. Honnêtement, certains des hommes ici sont gigantesques.

Cela les fit rire tous les deux.

— Cette bande est définitivement pleine de mangeurs voraces et la moitié d'entre eux, partis en mission, manque à l'appel.

L'arôme lui mit la puce à l'oreille. Elle leva le nez, huma l'air, se leva et se dirigea vers le four. Elle trouva des maniques accrochées au-dessus de la cuisinière, ouvrit le premier des trois fours à hauteur de comptoir et fit tourner chacune des plaques contenant les brioches à la cannelle.

Une fois cela fait, elle se rassit et déclara :

— Peut-être encore dix minutes.

— Parfait. Tu es au courant de tout.

— Je peux faire du glaçage.

— Oh, c'est charmant ! C'est ce que je fais moi-même.

Ils se lancèrent ensuite dans une discussion sur la brioche à la cannelle, la levure à levée rapide et autres astuces du métier.

Quelques minutes plus tard, elle dit avec un soupir heureux :

— J'avais oublié à quel point c'est amusant de cuisiner !

Il secoua la tête.

— C'est triste, parce que tu es manifestement très douée.

Elle renifla.

— Hmm. Tu n'as encore rien goûté de ce que j'ai fait.

Il rit aux éclats.

— Tu as débarqué dans une cuisine inconnue, tu as pris le relais quand il le fallait, tu as trouvé les ingrédients que tu voulais et tu as créé quelque chose. Cela demande du talent. Et une attitude positive. Et mieux encore, la cuisine est propre. Tu sais donc aussi comment fonctionner, nettoyer et laisser un endroit dans l'état dans lequel tu l'as trouvé.

Ce fut à ce moment-là que Dakota entra. Son nez se fronça comme s'il reniflait l'air. Son regard s'arrêta sur Alfred.

— Je suis content d'apprendre que tu n'as pas été gravement blessé, Alfred.

— Il a reçu un coup sur la tête et a perdu connaissance. Il devrait être dans son appartement en train de se reposer, dit Bailey avec une pointe d'exaspération. Mais il ne veut rien entendre.

Dakota acquiesça.

— Comme nous tous, il est trop têtu en ce qui le concerne. Il pencha la tête sur le côté, haussa un sourcil et ajouta : tu devrais facilement comprendre ça.

Souriant, Alfred se réinstalla.

— Nous verrons comment vous vous sentirez quand il n'y aura plus rien à manger.

— Je peux brouiller sept douzaines d'œufs, si nécessaire, rétorqua Dakota. Par contre, je ne peux pas garantir le goût qu'ils auront.

— Je suis sûr qu'ils seront bons.

Dakota l'étudia un long moment.

— Depuis combien de temps es-tu ici ?

Alfred lui répondit :

— Juste quelques minutes.

Le regard de Dakota se porta sur Bailey.

— As-tu préparé ce qu'il y a dans le four ?

Elle s'enfonça un peu plus dans son fauteuil.

— Peut-être.

Il haussa un sourcil.

— Qu'est-ce que c'est ?

Elle le vit se transformer en petit garçon sous ses yeux.

— Qu'est-ce que ça peut te faire ? Tu peux brouiller sept douzaines d'œufs, le taquina-t-elle.

— Si c'est quelque chose de sucré, répondit-il, dansant presque d'espoir, chacun d'entre nous se mettra à genoux et te remerciera.

— J'en doute.

Alfred lui tapota la main.

— Le temps est écoulé.

Elle se leva d'un bond, attrapa les maniques et ouvrit le premier four. Elle en sortit la première des quatre plaques de brioches dorées à la cannelle qui avaient largement dépassé le niveau, le sucre brun bouillonnant sur chaque brioche.

Le sifflement de Dakota retentit. Juste derrière lui, Rhodes et Levi entrèrent dans la cuisine. Leurs regards se posèrent sur les brioches à la cannelle que Bailey tenait dans sa main.

Elle posa la plaque chaude sur l'une des grilles du comptoir, puis sortit la deuxième et la troisième également. Elle récupéra la quatrième plaque et la retourna rapidement sur une feuille de papier sulfurisé. Ils la regardèrent avec indignation.

— Pourquoi faire ça ?

— Vous verrez, répondit-elle en souriant.

Sous leurs regards, elle passa un torchon mouillé sur le fond de la plaque. Lorsqu'elle la souleva, tout se détacha facilement. Pendant qu'ils observaient, elle prit une spatule et racla le sirop dans lequel les petites brioches étaient plongées, de telle sorte qu'il se mit à couler dessus. Elle déclara :

— Elles sont différentes.

Elle mit la plaque à tremper dans l'évier. Se tournant vers Alfred, elle lui dit :

— As-tu du fromage frais ?

Il indiqua le réfrigérateur le plus proche de lui.

— Dans le tiroir du bas.

Elle l'ouvrit et en trouva un énorme bloc. Concentrée, elle prit un couteau et coupa le bloc de fromage frais en deux. Elle le jeta dans un mixeur, ajouta le reste des ingrédients nécessaires au glaçage pendant que les hommes salivaient à côté d'elle, attendant avidement. Elle badigeonna rapidement le dessus des brioches à la cannelle avec le glaçage au fromage frais. Lorsqu'il fondit et coula devant eux, leur impatience était palpable.

Elle n'en mit pas sur les pâtisseries renversées.

Dakota les montra du doigt et demanda :

— Qu'est-ce que c'est ?

Elle se contenta de hausser un sourcil et de le fixer.

— Et ceux-là ?

Il la regarda intensément.

— J'en veux une de chaque. Il s'empressa d'ajouter : s'il te plaît.

Elle prépara trois assiettes pour les trois hommes. Elle donna à Dakota une brioche à la cannelle glacée et une brioche collante, mais ne mit qu'une brioche à la cannelle dans chacune des deux autres assiettes.

Rhodes la regarda fixement.

— Je sais que tu aimes ce type, mais il n'a pas droit à un traitement aussi spécial.

Rougissant furieusement, elle prit une des brioches renversées pour son assiette aussi. Levi la regarda et elle choisit la plus grosse qu'elle pût trouver pour lui.

— Elle sait déjà qui est le patron ! sourit-il.

— Tu ne devrais pas les manger maintenant. Elles sont trop chaudes.

Après un grognement de Dakota, ils se dirigèrent vers la salle à manger, où on n'entendit d'abord qu'un silence, suivi de gémissements d'étonnement. Elle se tourna vers Alfred, le sourire aux lèvres.

— Puis-je t'en offrir une ?

Il montra les brioches renversées.

— Seulement une moitié, s'il te plaît.

Elle en prit une, la coupa en deux, l'ouvrit, étala du glaçage au fromage frais sur l'ouverture. Puis elle s'assit à la petite table pour la partager avec Alfred. En écoutant les trois hommes se gaver de brioches à la cannelle, ils restèrent assis tous les deux dans le plus grand silence.

Lorsqu'il termina, Alfred murmura :

— La meilleure que j'aie jamais mangée !

Un sourire se dessina sur son visage et Bailey fut sûre que c'était bien la première fois depuis la mort de Rick.

DAKOTA FERMA LES yeux et respira l'arôme des brioches à la cannelle. Il ne dirait jamais rien qui puisse contrarier Alfred, mais, nom de Dieu, c'était la meilleure brioche à la cannelle qu'il ait jamais mangée ! Il ne savait pas trop quoi faire avec celle qui était à l'envers, mais il était partant. Dès qu'il eut goûté le sirop sucré à travers l'intérieur de la brioche, il avait été accroché. Il ne ralentit pas le rythme jusqu'à ce qu'il n'y ait plus rien dans son assiette. Il contempla son assiette vide et jeta un coup d'œil à Rhodes et Levi. Tous deux scrutaient des assiettes vides.

Rhodes leva un sourcil.

— Une chance d'en avoir encore ?

Dakota n'était pas sûr de la raison pour laquelle Rhodes lui avait demandé, mais puisque Bailey les avait faites, Dakota était peut-être le meilleur moyen pour en obtenir d'autres.

— Je suppose que nous allons le découvrir, répondit-il avec un sourire. Il prit son assiette et retourna dans la cuisine où il trouva Alfred et Bailey en train de prendre une tasse de thé ensemble. Il tendit son assiette vide, et dans sa meilleure imitation d'Oliver Twist, dit : s'il vous plaît, madame, puis-je en avoir encore ?

Son visage s'illumina.

— Elles sont délicieuses !

Bailey se leva d'un bond en disant :

— Tu as juste besoin de ta dose de sucre.

Mais elle lui servit joyeusement une autre brioche à la cannelle. Il resta debout et attendit. Elle le regarda et ajouta :

— Tu ne peux pas en manger une quatrième, n'est-ce pas ?

En souriant, elle lui en redonna une et il disparut rapidement dans la salle à manger.

Il dut se frayer un chemin devant Rhodes et Levi, tous deux debout avec leurs assiettes vides, prêtes à accueillir les brioches. Il pouvait entendre leurs rires pendant qu'elle les servait. Il n'avait pas idée qu'elle pouvait cuisiner comme ça, mais elle avait certainement trouvé un moyen de gagner le cœur de tout le monde. Le fait qu'Alfred soit blessé, qu'il ne devrait probablement pas se trouver dans la cuisine, rendait son arrivée d'autant plus parfaite.

Il remplit leurs trois tasses de café et les hommes s'assirent à nouveau.

— Je suppose que l'intrus est dans notre prison ?

Levi acquiesça.

— Oui. Mais nous n'avons pas de papiers d'identité. Il n'a rien sur lui. Peux-tu rentrer son véhicule dans le garage quand tu auras fini de manger ?

— Je le ferai. Peut-être que cela nous apprendra quelque chose.

— Si nous ne manquions pas d'hommes, nous serions déjà sur le terrain. Tout le monde est parti en mission. Nous sommes un peu sans défense sur le domaine. Levi secoua la tête.

— Mais comment savoir combien d'entre nous seraient nécessaires si on ne sait pas quand on sera attaqué ?

C'est alors qu'ils entendirent un véhicule sur l'allée rocailleuse. Dakota se leva d'un bond.

— Qui conduit le camion du virage ?

— Probablement Stone, dit Levi avec un sourire, alors qu'il recevait un message sur son communicateur. Il a quitté le poste de contrôle.

Bailey dit dans l'embrasure de la porte :

— Le PC est entre les mains expertes d'Ice. Elle a amené Alfred ici, puis elle est remontée.

C'est à ce moment-là que Stone entra dans la cuisine et se figea. Son nez se leva, il jeta un coup d'œil aux brioches à la cannelle qui disparaissaient rapidement dans la gorge de ses amis, son regard s'arrêta sur Bailey.

— C'est de la brioche à la cannelle ? demanda-t-il, plein d'espoir. Tu ne les as pas laissés tout manger, n'est-ce pas ? !

— Non, il en reste beaucoup. Je te le promets.

— C'est bien, approuva-t-il. Pourrais-je en avoir deux ou trois, s'il te plaît ?

Elle disparut dans la cuisine. Stone s'assit à côté de Levi.

— J'ai vérifié la boîte à gants. Pas de papiers d'identité, pas d'assurance, pas de carte grise.

— Bien sûr. Et si les plaques d'immatriculation avaient aussi été volées ?

— C'est probablement le cas. Le numéro d'identification a été effacé.

— Cela correspond. Nous avons décidé qu'il était un professionnel. Maintenant, il s'agit de savoir qui peut payer son salaire.

— Le maire dispose d'une telle somme, déclara Dakota.

À ce moment-là, Bailey apporta de la cuisine une grande assiette contenant quatre brioches à la cannelle qu'elle plaça devant Stone. Il y jeta un coup d'œil et son sourire fut si éclatant qu'il illumina la pièce.

— Est-ce que j'ai droit au double à cause de ma taille ? l'interrogea-t-il. Ou bien ces cochons en ont-ils déjà mangé autant ?

Elle lui adressa un léger sourire.

— Ta taille n'a rien à voir avec cela. S'il t'en faut plus, dis-le-moi ! Il y en a d'autres en réserve.

Il lança un regard noir aux hommes.

— Vous les auriez toutes achevées sans même me dire qu'elles étaient là, n'est-ce pas ?

Levi ricana.

— Comme tu l'aurais fait, si tu avais été là en premier. Il

considéra l'assiette de Stone. C'est ta première tournée. On n'en a eu que la moitié, alors arrête de te plaindre !

Bailey sourit et disparut dans la cuisine. Stone baissa la voix.

— Qu'est-ce qui se passe avec celle qui est à l'envers ? Elle l'a fait tomber ?

Dakota ria.

— Tu devrais d'abord la goûter.

Stone lui lança un regard incrédule.

— Elle a voulu la mettre à l'envers ? Il la prit et avala sa première bouchée. Puis il s'arrêta, un air de ravissement total sur le visage.

Dakota réalisa alors à quel point cet adage était vrai. Le chemin vers le cœur d'un homme passe par son estomac. Pourtant, son cœur avait déjà été réveillé et mis en état d'alerte lorsqu'il avait rencontré Bailey. Mais savoir qu'elle pouvait cuisiner de cette façon… C'était ce que l'on appelait une perle rare, une « gardienne du foyer » !

Il s'étouffa presque en pensant à ce mot-là. S'il y avait bien quelque chose qui signifiait l'*éternité, le mariage* et la *permanence*, c'était lui. Ce n'était pas tellement lié à leur groupe en particulier. Il connaissait Mason, un autre SEAL de la base de Coronado. Le groupe des Gardiens de Mason était légendaire. Et bien sûr, légendaire était le nom du groupe de Levi. Levi ne voulait jamais entendre le mot « *héros* » associé à son équipe. Il n'y avait pourtant aucun doute à ce sujet : les femmes avaient inventé de nombreuses expressions de héros depuis qu'elles avaient rejoint le groupe. Du reste, Levi les préférait sans doute aux plaisanteries sur le site de rencontres.

Dakota ne savait pas encore ce que Bailey penserait de tout cela. Ou même si elle était intéressée. Il devait se demander pourquoi il y pensait. Elle l'intéressait, mais il savait qu'elle souffrait encore de la perte de son mari. Sans compter que c'était une femme dans le besoin. Et il ne laisserait jamais quelqu'un dans le besoin s'il pouvait l'aider.

— Prochaine étape ? demanda-t-il à Levi.

Levi posa sa fourchette, termina sa dernière bouchée, puis annonça :

— Mannford sera bientôt là. Il viendra chercher le prisonnier et l'emmènera en ville.

Dakota acquiesça.

— Je sais que je viens de Californie et que je suis nouveau ici. Mais, nous sommes au Texas. Y a-t-il une raison pour qu'on ne l'emmène pas en haut de la colline et qu'on ne l'abatte pas ?

Levi éclata de rire.

— J'oublie toujours à quel point tu es assoiffé de sang. Si nous l'avions fait tout à l'heure, ça aurait été tout à fait justifié, mais nous avions besoin d'informations de sa part.

— Nous pourrions simplement le rouer de coups, formula Bailey d'un ton sombre depuis l'embrasure de la porte. Elle évalua l'assiette de Stone, vérifiant ses progrès. Comme il lui en restait encore une et demie, elle sembla se contenter de le laisser la terminer. Nous avons le droit de protéger notre propriété de quelque manière que ce soit.

— C'est exact, mais la torture n'est pas forcément la solution, déclara Levi avec douceur.

Ses épaules s'affaissèrent.

— D'accord. Elle pivota et retourna dans la cuisine.

Dakota sourit.

— Elle a beaucoup souffert ces derniers jours.

— C'est une championne, affirma Stone, bien que ses propos soient difficiles à comprendre à cause de la brioche à la cannelle qu'il avait dans la bouche. Il prit la dernière brioche et l'avala en quelques bouchées, poussant son assiette vide sur le côté. Non seulement c'est une soldate, mais, en plus, elle sait aussi cuisiner. Bon choix, Dakota !

— Ce n'était pas un choix, précisa-t-il.

Stone hocha la tête avec sagacité.

— N'est-ce pas la vérité ? Quand on est touché, on est touché, on ne peut absolument rien y faire.

— Hé, ce n'est pas ce que je voulais dire non plus ! protesta Dakota. Mais les autres hommes n'écoutaient pas.

— Faisons-nous confiance à Mannford ? demanda Rhodes.

— Nous devons faire confiance à quelqu'un. C'est l'inspecteur chargé de l'affaire. Et il est hautement recommandé par le père de Logan.

— Gunner ? Il pourrait peut-être aider Bailey.

Levi haussa les épaules.

— Il a voyagé ces derniers temps, alors je ne l'ai pas mis au courant. Je ne suis même pas sûr qu'il soit de retour chez lui.

— Et les autres nouvelles recrues ? demanda Dakota. Nous sommes à court de personnel. Vous n'avez pas d'autres hommes que vous pourriez faire venir ?

Levi appuya ses coudes sur la table.

— J'ai parlé à Michael plusieurs fois, mais jusqu'à présent, il a refusé.

— Michael ? répéta Dakota. Est-ce que je le connais ?

Rhodes prit la parole.

— Michael Hampton. Il a fait son temps. Il est parti sur une note très amère. Un sacré bonhomme, un sacré guerrier. Mais son opinion à l'égard des militaires en a pris un coup.

Dakota renifla.

— C'est le cas pour beaucoup d'entre nous.

— En effet. Il se repose en attendant de décider ce qu'il veut faire de sa vie. Il vit à quelques heures d'ici, dans une petite ville du Texas. Rien ne le retient. Nous ne cessons de l'inciter à venir s'installer ici.

— Donne-lui du temps ! Ça pourrait marcher.

— Peut-être. Michael est comme un mur de granit qui refuse de bouger quand il ne le veut pas. Toi, Levi désigna Dakota, tu ne ferais que le pousser. Quant aux autres recrues, il y en a quelques-unes, articula lentement Levi. Nous venons d'en examiner deux autres. Je ne suis pas sûr d'avoir assez de travail pour faire tourner tout le monde.

— Et pourtant, regarde-nous ! déclara Rhodes.

Stone acquiesça.

— Le monde va mal, en ce moment. C'est pourquoi nous sommes si occupés.

Un coup de klaxon retentit à l'extérieur. Ils se tournèrent vers l'écran de sécurité et virent une berline stationnée de l'autre côté du portail verrouillé. Stone se leva, se dirigea vers le panneau de contrôle et ordonna :

— Identifiez-vous !

Pendant qu'ils attendaient, l'écran révéla le visage de l'homme dans la voiture.

— Inspecteur Mannford.

— Vous êtes en avance.

— Vraiment ? Ou je suis en retard. Je ne me suis pas encore couché.

Stone appuya sur l'interrupteur pour déverrouiller le portail. Ce dernier s'ouvrit en grand.

Le fait que Dakota n'ait même pas remarqué le bruit de la grille, se refermant derrière Stone, alors qu'il conduisait le véhicule du tireur à l'intérieur de l'enceinte témoignait de son état de fatigue. Ils avaient plusieurs télécommandes qu'ils pouvaient emporter avec eux s'ils avaient besoin de revenir par leurs propres moyens. C'était un bon système, jusqu'à ce que des télécommandes soient perdues… ce qui arrivait un peu trop souvent pour que tout le monde soit content.

Mannford se rendit jusqu'à la porte arrière et se gara. Stone s'approcha, ouvrit la porte et dit :

— Vous arrivez juste à temps pour un café et une brioche à la cannelle.

— Je ne dirais pas non, répondit l'homme, la fatigue colorant sa voix. Je peux vous dire que la nuit a été rude.

— Que s'est-il passé ?

Mannford s'arrêta au milieu de la pièce et regarda Levi.

— On a tiré sur le maire.

# Chapitre 13

— QUOI ? demanda Bailey dans l'embrasure de la porte. Voyant l'inspecteur et son épuisement, elle secoua la tête. On a tiré sur le maire ? Vraiment ? Mais je pensais que c'était lui l'origine des attaques contre moi…, ajouta-t-elle en s'affalant lentement sur la chaise la plus proche.

— Cela ne veut pas dire qu'il n'est pas responsable de ce qui s'est passé, précisa Levi. Tout ce que nous savons pour l'instant, c'est qu'il a franchi sa porte d'entrée et qu'on lui a tiré dessus. La balle est partie de très haut, elle a traversé l'épaule. Il devrait s'en sortir sans problème.

Dakota reprit la parole.

— Une diversion ?

Mannford le regarda, incrédule.

— Je pense qu'il pourrait s'agir d'une tentative délibérée de faire croire qu'il *n'est pas* coupable… Une blessure par balle à l'épaule *est* assez mineure…, précisa Dakota

— Il est trop tôt pour le dire, mais c'est possible, admit Mannford en s'asseyant à côté de Stone. Il accepta une tasse de café.

— Ce serait une mesure extrême, déclara Levi.

Mannford acquiesça.

— Il est certain que c'est un nouveau rebondissement dans cette affaire… Son regard alla de l'un à l'autre, puis se porta sur Bailey alors qu'il demandait : y a-t-il quelqu'un de gravement blessé ?

— Deux hommes, annonça-t-elle, sèchement. Merk est alité, en bas, dans la clinique, avec un traumatisme crânien et Alfred, bien que conscient et valide, a été assommé et enfermé dans un placard.

Alfred prit la parole derrière eux.

— Je vais bien. Je vais me reposer aujourd'hui. Demain, je serai en pleine forme.

— Non. Tu as besoin d'au moins deux jours de repos. Ne te promène pas, ne te lève pas brusquement, prends garde aux vertiges ! Sa voix était autoritaire et douce, comme celle d'une nourrice. Elle maîtrisait bien ce rôle-là. Elle se retourna vers Mannford. Voulez-vous une brioche à la cannelle ?

— Ce serait très gentil, oui, répondit-il dans un sourire.

Elle ne savait pas quel genre de gourmand il était. Elle choisit donc une des brioches classiques, puisqu'elle en avait fait deux fois plus et l'emporta. Son regard se posa sur l'assiette de Stone. Tu les as toutes mangées ?

Stone protesta.

— Elles étaient bonnes. Il lui adressa un sourire rusé. Je n'en ai eu qu'une fois. Je peux en reprendre, s'il te plaît ?

— Tu veux encore des brioches à la cannelle ? demanda-t-elle, stupéfaite.

Il haussa ses épaules massives et sourit.

— Je suis un grand garçon.

En revenant, au lieu de servir Stone, elle déposa au milieu de la table un plateau garni d'une demi-douzaine de brioches à la cannelle, ainsi, ils pourraient tous se faire plaisir.

Alors qu'elle retournait dans la cuisine, Alfred lui chuchota :

— Regarde !

Elle se tourna et constata que le plateau qu'elle venait à

peine de poser était déjà complètement vide. Sa mâchoire se décrocha. Son regard passa de l'un à l'autre. Aucun d'entre eux n'avait l'air coupable. Au contraire, ils affichaient un grand sourire.

— Comment fais-tu ? demanda-t-elle à Alfred.

Il s'esclaffa.

— Je m'entraîne !

— Est-ce que cela suffira pour le petit déjeuner ou devons-nous cuisiner autre chose ?

Il consulta sa montre.

— Les dames en décideront. Vu le peu de sommeil qu'ont eu la plupart d'entre nous, ici, cette nuit, il y a de fortes chances que cela suffise. Nous allons nous préparer pour proposer un déjeuner matinal.

— Qu'allons-nous cuisiner ?

— J'avais prévu de grands sandwichs, répondit Alfred.

— Avec des baguettes ?

Il acquiesça.

— Ça te dit d'en faire quelques-uns ? Je peux m'asseoir ici et couper quelques tranches.

— En quelle quantité, un pain par homme ? demanda Bailey d'un ton sarcastique.

Il rit de plus belle.

— Tu sais quoi ? Ce n'est pas une mauvaise idée. Chacun d'entre eux en aura les trois quarts et leurs compagnes auront le quart restant.

— À mon avis, il est trop tôt pour commencer. Mais je peux entamer la préparation maintenant si tu veux.

Il lui tapota la main et lui confia :

— Non. Tu vas t'allonger pendant quelques heures, puis tu reviendras. J'ai remarqué que tu te déplaces beaucoup mieux. J'en suis très heureux. Ne te fais pas régresser !

Elle s'arrêta et le dévisagea avec surprise.

— J'avais oublié mes points de suture !

— Quand nous sommes occupés, nous avons tendance à passer outre ce qui nous contraint. Alfred se redressa lentement. Je vais suivre mon propre conseil et me rendre dans ma chambre pour essayer de dormir quelques heures. Il quitta la cuisine d'un pas lent mais régulier.

Bailey rejoignit Dakota et s'assit à ses côtés. Elle lui murmura :

— Faut-il laisser Alfred seul ?

Levi l'entendit.

— Nous irons le voir dans une heure ou deux.

Elle sourit.

— Dans ce cas, je vais aussi dormir quelques heures. Elle se leva et se dirigea vers sa chambre.

Avec un peu de chance, Mannford partirait avec l'intrus menotté. La vie pourrait alors reprendre son cours normal.

Quelle que soit la signification de la *normalité* pour elle aujourd'hui, elle était contente de laisser le reste de la matinée aux experts.

Elle arriva dans sa chambre, se coucha très doucement sur sa couette et ferma les yeux. Elle s'assoupit presque instantanément.

QUAND DAKOTA REVINT dans la salle à manger, Levi lui demanda :

— Comment va son dos ?

— Je pense que Bailey est habituée à vivre avec la douleur, qu'elle se contente de la surmonter, déclara-t-il. J'ai remarqué ses mouvements raides, ses grimaces soudaines. Cela dit, la plupart du temps, j'ai l'impression qu'elle ne la ressent pas pleinement.

Levi acquiesça.

— Oui, il me semble aussi.

— C'est peut-être une bonne chose, dit Stone à voix basse. Nous préférons tous quelqu'un de stoïque et réservé, prêt à aider en cas de besoin, plutôt que quelqu'un qui se lamente sur ses blessures et s'attend à ce qu'on s'occupe de lui.

— On peut dire que c'est vraiment une invitée facile à vivre, déclara Rhodes.

— Elle a beaucoup de chance de vous avoir trouvés, commenta l'inspecteur Mannford. Si c'est elle qui a fait ces brioches, c'est aussi une sacrée cuisinière. Il étudia l'assiette, regarda vers la cuisine et lança : elle n'est pas mariée, n'est-ce pas ?

En l'entendant, Dakota le regarda fixement. Mannford était dans la trentaine, probablement le type d'homme fort et stable que Bailey aimerait. Par certains côtés, Mannford ressemblait à son défunt mari. Ils pourraient faire un bon couple. Un meilleur parti en quelque sorte.

Instantanément, Dakota pensa :

« *Meilleur parti que qui ?* » Bien sûr, il connaissait déjà la réponse à cette question. Tout aussi rapidement, il songea que *Mannford n'était en aucun cas un meilleur parti que lui*. Il l'avait compris en voyant ses amis s'associer si rapidement, comme des aimants. Pour lui, Bailey était à lui. Mais il n'était pas sûr qu'elle soit prête pour une relation. Même si son mari était mort il y a longtemps. Certaines personnes mettaient du temps à se remettre d'un tel deuil.

— Allons-nous chercher votre prisonnier ? demanda Levi.

Mannford approuva :

— Oui, mais si cela ne vous dérange pas, je vais d'abord prendre une autre tasse de café et une autre brioche à la cannelle. Il regarda la dernière qui se trouvait dans l'assiette de Stone. À moins que vous ne la vouliez ?

Stone secoua la tête et la fit glisser vers lui.

— Je vais aller chercher le prisonnier.

Dakota et Stone descendirent l'escalier. L'intrus était toujours assis et ligoté. Ils défirent les liens de ses poignets et de son cou, l'aidèrent à enlever les pinces spéciales qui emprisonnaient ses jambes et le mirent debout. Puis le saisissant chacun par un bras, ils l'accompagnèrent auprès de Mannford.

L'inspecteur lui jeta un coup d'œil et acquiesça. Il sortit ses menottes de sa poche arrière et les posa sur la table. Stone enleva leurs menottes pour les remplacer par celles de Mannford. Il menotta le prisonnier et le fit s'asseoir, le temps que Mannford finisse de manger sa brioche.

Puis d'un air résigné et fatigué, l'inspecteur se leva, sortit et regagna sa voiture.

Dakota et Stone firent marcher le prisonnier devant eux. Dakota fut content de constater que la voiture de Mannford comportait une cage de séparation entre lui et le prisonnier. Ce n'était pas toujours le cas. Ils poussèrent le prisonnier sur la banquette arrière, verrouillèrent les menottes autour de ses jambes et bouclèrent sa ceinture de sécurité. Ils restèrent sur place et regardèrent Mannford s'éloigner.

Stone enclencha son communicateur et annonça :

— Ice, Mannford vient de partir. Garde-les à l'œil aussi longtemps que tu le peux !

Dakota observa et attendit.

— Ne trouves-tu pas étrange que Mannford n'ait pas testé les liens de sécurité ?

Stone scruta Dakota.

— Non. Pourquoi le ferait-il ? Il nous fait confiance.

— Ce n'est pas la question. Dakota détestait les doutes qui s'insinuaient dans son esprit. Quelque chose ne tournait pas rond dans cette histoire. Ça le turlupinait. Mannford est-il déjà venu ici ?

— Plusieurs fois, opina Stone.

— Est-il au courant pour le tunnel ?

Stone fit face à Dakota et le regarda de travers.

— Tu penses qu'il est impliqué ?

— Si c'était Lissa à l'étage, avec des points de suture dans le dos suite à une première attaque d'hommes armés, tu ne soupçonnerais pas tout le monde ?

Stone fronça les sourcils et jeta un coup d'œil sur la route. Il se retourna et dit :

— Si, c'est ce que je ferais. Stone entra. Je vais étudier ses antécédents, voir s'il y a quelque chose de suspect.

— Inutile, Ice l'a déjà fait, annonça Dakota. Nous avons également besoin de l'identité de son prisonnier, ajouta-t-il.

— OK. Il est sur la liste des personnes les plus recherchées par le FBI. C'est un assassin qui travaille surtout avec les barons de la drogue locaux, énonça Stone satisfait.

— Ça ne fait pas de lui un local…

— Beaucoup de mercenaires se déplacent dans le monde entier, d'un emploi à l'autre. Ce type n'est pas différent. Mais il a exécuté son dernier contrat ici.

— Nous sommes sûrs qu'il est venu seul, pas vrai ?

— Sûr, non, déclara. Stone. Mais nous n'avons trouvé aucune trace d'un deuxième homme ni autour des bâtiments ni dans le véhicule.

Dakota acquiesça.

— D'accord, pourtant, mon instinct n'est toujours pas

satisfait…

Stone l'observa d'un air dur.

Dakota lui répondit par un silence. Puis ajouta :

— Sérieusement, est-ce que ton instinct te dit que tout va bien ?

Stone croisa les bras sur sa poitrine et étudia Dakota pendant un long moment.

— Cela ne veut pas dire que tout va bien. Mais aucune sonnette d'alarme n'est tirée.

Dakota le dépassa.

— C'est bien. Parce que les miennes le sont. Dès que les tiennes commenceront à retentir, fais-le moi savoir ! Je ne crois pas que ce soit fini, loin de là !

# Chapitre 14

RÉVEILLÉE QUELQUES HEURES plus tard, Bailey ne savait pas si elle pouvait essayer de prendre une douche. Elle était presque sûre qu'Ice n'approuverait pas. Seul son dos, taché de sang et douloureux, la dérangeait encore. Elle tendit la main, parvint à arracher le bandage et se tordit pour inspecter la chair enflammée. Elle fut surprise de voir à quel point la cicatrisation était en bonne voie. Elle savait, qu'en théorie, les points de suture devaient être gardés au sec. Mais comment était-ce seulement possible ? Sur un coup de tête, elle fit couler la douche. Lorsque l'eau fut chaude, elle entra sous le jet. Elle gémit de plaisir, se sentant immédiatement mieux.

L'eau glissa le long de son visage, sur son corps. Ses cheveux étaient sales et avaient désespérément besoin d'un bon shampooing. Elle jeta un coup d'œil autour d'elle, ravie de voir plusieurs flacons à côté d'elle. Se déplaçant lentement, elle se shampouina délicatement les cheveux à plusieurs reprises. Elle savait qu'elle trempait ses points de suture et que ce n'était probablement pas une bonne idée, mais elle ne s'en souciait plus. Elle avait un besoin impérieux de se sentir propre. Une fois lavée, elle se sentit assez courageuse pour affronter la colère de tout le monde.

Elle ferma l'eau, ouvrit la cabine de douche et prit une serviette. Elle se sécha partout du mieux qu'elle put, puis enroula la serviette autour d'elle pour absorber le maximum d'eau dans son dos. De retour dans la chambre, elle se sentait fatiguée mais bien. Elle avait besoin d'un nouveau pansement. Impossible d'appeler Ice, elle n'avait pas son numéro.

Elle enfila un T-shirt propre, qui lui avait été également prêté. Au moment où elle finissait de s'habiller et accrochait sa serviette, elle entendit frapper. Elle ouvrit et trouva Dakota appuyé contre le chambranle de la porte, les bras croisés sur la poitrine.

Ses sourcils se haussèrent lorsqu'il remarqua ses cheveux mouillés.

— Tu as pris une douche ?

Elle acquiesça.

— S'il te plaît, ne m'en veux pas ! J'étais tellement sale, j'avais réellement besoin de me laver.

— Je ne suis pas sûr de ce que cela implique pour tes points de suture, déclara-t-il, dubitatif.

— J'espérais qu'Ice mettrait un nouveau pansement, en me disant qu'*il n'y avait pas de mal.*

— Nous ferions mieux d'aller vérifier ça. Dakota attendit que Bailey sorte et referma derrière elle. Dans l'ascenseur, il demanda : tu as bien dormi ?

— Oui. Je ne pensais pas y arriver, lui confia-t-elle. Une fois allongée, j'ai réalisé à quel point j'avais mal, je suis tombée comme une masse.

— Il fallait s'y attendre. Tu as fini par en accomplir beaucoup hier.

Il alla vers la salle à manger. Bailey se dirigea vers la cafetière qui venait de finir de couler et se servit. En se retournant, elle vit Ice et Dakota discuter dans l'embrasure de la porte. Ice la regarda, hocha la tête et lui fit signe de venir vers elle.

Emportant son café, Bailey suivit docilement Ice jusqu'à la clinique. Là, elle souleva prudemment son haut.

Ice prit le temps d'examiner le dos de Bailey. Elle lui appliqua une crème antibiotique fraîche qu'elle recouvrit d'un pansement sec.

— Je comprends que tu aies voulu prendre une douche. Tu as de la chance que ça guérisse bien. Tu n'as pas causé de dégâts. La prochaine fois, demande-moi et j'enlèverai le pansement pour que tu n'aies pas à l'arracher. Ta peau est rouge maintenant.

Bailey se redressa, souriante.

— Je te remercie. Avant de me doucher, j'aurais aimé avoir ton numéro pour t'appeler et te le demander.

Ice sortit son téléphone, afficha ses coordonnées et le tendit à Bailey. Bailey l'accepta et reconnaissante, saisit son téléphone pour ajouter Ice dans ses contacts.

— Merci.

Ensemble, elles remontèrent vers la cuisine.

— L'inspecteur a-t-il pris le prisonnier ?

Ice acquiesça.

— Oui, en effet. Mais je n'ai pas communiqué avec lui depuis qu'il est parti. Je sais qu'il était épuisé, alors j'imagine qu'il dort. Dès que j'aurai de ses nouvelles, nous passerons à l'étape suivante.

— C'est-à-dire ?

— Déterminer qui a tiré sur le maire.

Bailey sursauta.

— J'avais oublié ça.

— Pas moi, répliqua Ice, la mine sombre. Il est difficile de savoir réellement de quoi il s'agit, mais il doit y avoir un lien. Nous devons aller au fond des choses.

— N'est-ce pas le travail de Mannford ?

Elle acquiesça.

— En principe, si. Cela dit, les effectifs de la police ne sont pas nombreux sur le coup. Et ce n'est pas parce que les forces de l'ordre s'en occupent, que nous ne pouvons pas nous en occuper aussi, sur le terrain. Cela a un lien avec notre affaire.

— Est-ce pire pour moi ou est-ce que cela améliore mon cas ?

— Il est trop tôt pour le dire. Une deuxième fusillade n'est pas une bonne chose.

— C'est vrai, quelqu'un doit être désespéré. Il serait logique de penser que ce soit le bras droit du maire qui lui ait tiré dessus.

— C'est logique, oui, mais cela n'en fait pas la solution.

Ice se dirigea vers la salle à manger alors que Bailey se rendait à la cuisine. Elle fut ravie de trouver Alfred debout.

— Es-tu sûr que tu devrais être ici ? ne put-elle s'empêcher de lui demander. Je peux m'occuper du déjeuner ou de n'importe quel autre repas, dit-elle en plaisantant.

Alfred secoua la tête.

— Ce sont des sandwichs. Si nous préparons tout, ils pourront finir de les garnir eux-mêmes. Il désigna des plateaux remplis de propositions alléchantes. Peut-être pourrais-tu porter cela sur la table ou demander à quelqu'un de le faire. Non ?

— Je vais les prendre, annonça Dakota depuis l'embrasure de la porte où il s'était apparemment tenu. Bailey s'est suffisamment épuisée la nuit dernière.

Bailey fit volte-face, furieuse.

— Tu n'avais pas besoin de lui dire ça. Je ne veux pas qu'Alfred se sente coupable.

Alfred s'esclaffa.

— Je ne me sens pas coupable. C'est comme ça. Bailey va mieux maintenant et moi aussi !

— Tu n'as pas assez dormi pour te sentir mieux, lança Dakota à Alfred.

Bailey sourit.

— C'est bien de savoir que vous êtes assez proches pour vous taquiner comme ça.

Alfred sourit et lui tapota l'épaule.

— C'est ça, la famille. Nous prenons soin les uns des autres. Parfois on en fait trop, parfois pas assez. Le reste du temps, on se taquine. C'est toujours gentil et bon enfant !

Le voyant couper du fromage, elle lui proposa :

— Pourquoi ne ferais-je pas cela pendant que tu t'occupes de la suite ?

Il lui tendit la trancheuse et le fromage. Elle le coupa rapidement. Elle se retourna à temps pour voir Alfred sortir des baguettes fraîches du four. Elle s'écria.

— Tu les gâtes, là !

— Je me suis senti mal de ne pas avoir préparé le petit déjeuner.

Le four était déjà éteint. Les pains étaient restés au chaud à l'intérieur. Bailey les plaça sur une grille pour les laisser refroidir quelques minutes supplémentaires pendant qu'Alfred finissait de préparer le reste. Lorsque tout fut prêt, elle chargea les grands plateaux sur un chariot à roulettes et les transporta dans la salle à manger. Puis ils s'assirent tous pour manger.

Ice arriva en retard, l'air sombre. Elle prit place.

— Je viens de parler à Mannford. L'incarcération de l'intrus s'est bien passée. Tout le monde est maintenant à la recherche du tireur que Bailey a identifié. Il s'appelle Jim Haskell.

— Ils devraient l'attraper assez rapidement, déclara Levi.

Ice secoua la tête.

— Je ne crois pas.

— Pourquoi pas ? demanda Bailey. Il ne doit pas y avoir des tonnes de planques en ville. Non seulement il a tiré sur une première personne, mais aussi sur moi et sur le maire.

— *S'il a* tiré sur le maire ! Il est indubitablement coupable des deux premiers tirs, mais, pour le dernier, rien ne le garantit.

— Ce serait pourtant logique, argua Dakota. Il couvrirait ses traces. Peut-être que le maire est devenu nerveux ou qu'il a essayé de lui faire porter le chapeau. Tout ce qu'il a à faire, c'est s'occuper du maire. Personne ne serait plus là pour le mettre en cause.

Ice se retourna pour le regarder.

— Sauf Bailey.

Dakota baissa son sandwich et fixa Bailey.

— Oui. Elle doit rester à l'abri, ici durant la semaine prochaine, au moins.

Bailey refusa.

— Non. J'ai un travail. J'avais un appartement. J'ai besoin de vêtements. Je ne peux pas passer ma vie à le fuir. Si ça se trouve, il va même quitter le pays.

— Oui, c'est tout à fait possible. Dakota secoua la tête. Mais ça n'a pas d'importance. Tant qu'il ne sera pas sous les verrous, tu ne seras pas en sécurité.

— Tu penses vraiment que d'autres personnes sont impliquées ? demanda-t-elle, curieuse.

Il haussa les épaules.

— Il n'y a aucun moyen de le savoir, mais nous savons qu'un tireur opérationnel est à l'extérieur. Nous avons déjà eu la visite d'un intrus. Il n'a, d'ailleurs, rien dit sur son employeur. Même si, lorsqu'on l'a interrogé, il n'était pas sûr de savoir qui avait payé la facture finale, le maire ou quelqu'un d'autre…

Levi se tourna vers Ice.

— C'est ce qu'ils prétendent toujours, non ?

Ice haussa les épaules.

— Il est possible qu'il ait été engagé par l'homme de main du maire, et non par le maire lui-même.

Levi acquiesça.

— Pour le tueur, ce n'est que de la sémantique. Tant qu'il est payé.

— J'espère qu'ils l'attraperont aujourd'hui et que je pourrai retourner à mon appartement.

— Pour y faire quoi ? Combien de jours de congé as-tu ?

— Cette semaine, ensuite, c'est retour au travail.

— C'est bien. Cela signifie que tu restes ici cette semaine.

Elle plissa le front, ouvrit la bouche pour refuser.

— Pour aider Alfred pendant quelques jours, murmura-t-il.

Elle se tut le temps de réfléchir, puis elle hocha la tête.

— Tant qu'il ne s'y oppose pas.

— Peu importe qu'il s'y oppose ou non, dit Levi, la voix dure. Il a besoin d'aide.

— Peu importe ce que tu dis, c'est Alfred qui déterminera l'aide dont il a besoin, ria Bailey.

Alfred lui adressa un petit sourire.

— Assure-toi que c'est bien ce que tu veux !

Elle leva les yeux vers lui.

— Ce n'est pas vraiment un problème d'aider.

Bailey savait qu'Alfred ne serait pas difficile à convaincre. Il était vraiment un homme gentil. Et il aurait bien besoin de son aide.

Dès que le déjeuner fut terminé et que la cuisine fut nettoyée, elle demanda à Alfred :

— Tu as mangé un sandwich ?

— Non, je n'ai pas très faim. J'avais prévu de prendre une autre moitié de brioche à la cannelle.

Elle prit la seule brioche à la cannelle restante sur le comptoir et la plaça devant lui.

— Tu aurais dû me le dire plus tôt. Je t'en aurais mis d'autres de côté. Une fois que je les ai sorties, elles ont disparu si vite !

— C'est le cas de tout ce que l'on cuisine, en fait, s'esclaffa Alfred.

Elle étudia ses traits, constatant la pâleur de son visage.

— Tu ne te sens toujours pas bien. Tu es sûr que tu ne veux pas que je prépare le dîner ?

Il lui jeta un coup d'œil.

— Tu as été aussi blessée que moi, voire plus !

— Mais cela fait déjà quelques jours et Ice m'a dit que mes points de suture avaient l'air de bien cicatriser. Elle fronça les sourcils en regardant le frigo. Je crois que j'ai vu quelques poitrines là-dedans. C'était pour ce repas ?

— Oui, pour les rôtir et les servir avec du raifort.

Ils se lancèrent alors dans une discussion sur les recettes et l'organisation. Bailey proposa :

— Pourquoi ne pas t'asseoir avec moi ? Je me lèverai pour les préparer et les enfourner. Il leur faudra une cuisson lente et longue.

Ce fut ce qu'elle fit. Le temps qu'Alfred achève la dernière brioche à la cannelle, il lui avait indiqué où trouver le matériel nécessaire et elle avait déjà mis les poitrines à cuire.

Une fois la cuisine nettoyée, Bailey se sentit un peu fatiguée. Déterminée, elle se redressa et annonça :

— Je vais voir si je peux persuader Dakota de m'emmener faire des courses… histoire que j'ai quelques vêtements. Enfin, uniquement si tu acceptes de t'allonger. Tout sera prêt environ une heure avant le dîner.

— Marché conclu, rétorqua Alfred dans un sourire.

Bailey retrouva Dakota dans l'espace bureau. Elle se tenait sur le seuil, hésitante, découvrant cette gigantesque pièce. Ice et Levi y travaillaient. Elle était équipée de plus d'une demi-douzaine de bureaux. Sienna occupait le sien, Dakota un autre. Elle s'approcha de lui.

Il leva les yeux, surpris, le visage radieux.

— Qui y a-t-il ?

— Je me demandais si je pouvais emprunter un véhicule pour aller faire des courses.

— Non. Pas question.

— J'ai besoin de vêtements. Tu te souviens de mon appartement ? Rien n'était sauvable.

Il consulta à sa montre.

— D'accord, allons faire les courses. Si tu es prête dans une dizaine de minutes, je devrais avoir terminé d'ici là.

Elle prit son sac à main sur la table de sa chambre. Elle vérifia rapidement son compte pour voir s'il lui restait un peu d'argent. Elle ne disposait pas de grand-chose et ignorait complètement qu'elles seraient ses dépenses à venir. Lorsqu'elle redescendit, vêtue du T-shirt de Sienna, Dakota l'attendait dans l'entrée. Il l'accompagna dehors et l'aida à monter dans un petit camion. Bailey demanda :

— Pourquoi ce véhicule ?

— Il consomme moins d'essence. Nous ne récupèrerons rien de particulièrement conséquent qui justifierait l'utilisation d'un plus gros véhicule.

— C'est logique, s'exclama-t-elle.

Dans la petite ville voisine de Wildon, ils firent plusieurs boutiques. Bailey put s'acheter quelques hauts, une paire de leggings et une paire de pantalons de yoga. Dans un autre magasin, elle trouva des sous-vêtements. Elle regarda ses pieds.

— J'aurais aimé pouvoir récupérer quelques-unes de mes chaussures dans mon appartement. Elle lui jeta un coup d'œil. Tu penses qu'on pourrait y retourner et vérifier de nouveau ?

— Non, il n'y avait plus rien de valable là-bas. Tu te souviens de la peinture ? Alors, où veux-tu aller ?

Elle gémit.

— Des chaussures d'occasion feront probablement l'affaire, alors.

— Je n'ai aucun problème avec les articles de seconde main, déclara Dakota. Mais acheter des chaussures d'occasion ? Autant investir dans quelque chose que l'on gardera plus longtemps.

Sur ses conseils, ils se rendirent dans une boutique populaire située à quelques rues de là. Bailey s'offrit une paire de baskets et une paire de pantoufles en promotion. Alors qu'ils repartaient, elle annonça :

— Parfait. Nous pouvons rentrer au domaine. Merci beaucoup de m'avoir conduite !

— Ce fut un plaisir, comme toujours. Tu sais, tu n'as pas besoin de me remercier pour chaque petite chose.

— Si. C'est comme ça que j'ai été élevée ! rit-elle.

— Ton grand-père ?

Elle acquiesça.

— Aucune bonne action ne doit passer inaperçue. Pourquoi n'irions-nous pas jusqu'au poste de police en ville ?

J'aimerais faire le point avec eux et je dois signer des dépositions. Il vaudrait mieux faire tout cela avant de rentrer au manoir, non ?

Dakota haussa les épaules, sortit son téléphone et composa le numéro de l'inspecteur Mannford. Il tomba directement sur la messagerie vocale.

— Apparemment, il est occupé. Remettons à une prochaine fois. Il fit demi-tour et prit la direction du domaine.

— Ça te dérange si j'allume la radio ?

— Vas-y, je t'en prie !

Bailey joua avec les boutons jusqu'à ce qu'elle choisisse une nouvelle station. Soudain, ils entendirent :

— Dernières nouvelles. Un prisonnier arrêté plus tôt dans la journée, après avoir pénétré par effraction dans une maison où il a attaqué deux résidents, s'est échappé. Les détails sont minces. Pour l'instant, la police a publié sa photo en précisant qu'il était armé et dangereux. Ne l'approchez surtout pas !

— Putain de merde !! lâcha Dakota en frappant le volant. Comment a-t-il pu s'échapper ?!

— C'est l'intrus du manoir ? Bailey le regarda, stupéfaite. Cela n'a aucun sens !

— Tout dépend de l'endroit d'où il s'est échappé. Mais c'était un pro. Il devait connaître précisément le système et savoir comment s'enfuir.

— Est-ce qu'il va revenir ?

— Je ne sais pas. Dakota s'arrêta sur le bas-côté et composa le numéro de Levi. Il faut que tu vérifies auprès des flics. Nous venons d'entendre une alerte informant la population de l'évasion de « notre » intrus.

La voix sévère de Levi emplit le camion.

— Oui. Nous venons de l'apprendre. C'est bien lui.

Nous n'arrivons pas à joindre Mannford. Pouvez-vous vous rendre au commissariat de Houston pour voir s'il est dans les parages ? Si vous ne le trouvez pas, déterminez quand il y a été vu pour la dernière fois.

Dakota se faufila dans la circulation et fit demi-tour. Toujours au téléphone, il interrogea :

— Mannford peut-il être impliqué ?

— Ou disparu ! s'emporta Levi. Ice ne lui a pas parlé directement. Elle a laissé un message sur son répondeur. Elle a essayé de le joindre plusieurs fois, aucune réponse.

— Donne-moi son adresse, nous allons là-bas d'abord.

Levi fournit le numéro et la rue.

— Compris. Je sais où c'est. Dakota obliqua vers la gauche, puis vers la droite. Nous vous appellerons quand nous y serons !

Il posa le téléphone sur le siège à côté de lui.

— Nous devons voir si Mannford est dans les parages. Levi a peur qu'il ait disparu.

— Avec l'agresseur ou mort à cause de l'agresseur ?

— Nous ne pouvons pas encore le savoir.

N'ayant rien d'autre à faire, Bailey se cala dans son siège et regarda par la vitre, en attendant. En elle-même, ses nerfs étaient noués. Ce n'était pas ce qu'elle avait besoin d'entendre. Ils avaient arrêté un assaillant et cherchaient le type qui avait soi-disant tiré sur le maire. Elle n'avait vraiment pas besoin qu'on lui annonce que les deux hommes étaient en liberté.

DAKOTA S'ARRÊTA DEVANT une série de maisons en pierre brune. Celle du détective se trouvait au bout de la rue. Bailey à ses côtés, il grimpa le perron et frappa à la porte. Puis il sonna… Ils patientèrent et écoutèrent. Rien. Dakota indiqua à Bailey de redescendre et lança :

— Passons par l'arrière ! Là, il recommença à tambouriner.

Sans réponse, Dakota essaya de regarder par la fenêtre de la cuisine. Bailey sur celle située de l'autre côté de la porte.

— Je ne vois rien ! s'exclama-t-elle.

Il étudia l'endroit. Son regard perçut quelque chose qu'il ne connaissait que trop bien.

— OK ! s'écria-t-il. Il fouilla dans sa poche et en sortit l'outil qu'il voulait. En quelques secondes, il crocheta la serrure.

— On a le droit de faire ça ? !

Dakota poussa la porte et se précipita à l'intérieur. En tournant au coin de l'ilot central, il s'arrêta et tomba à genoux. L'inspecteur Mannford gisait sur le dos, les épaules et le cou ensanglantés. Dakota se baissa pour prendre son pouls. Dans un mouvement de réflexe, son téléphone fut dans sa main, il composa le numéro des urgences et lança :

— Nous avons un officier de police à terre !

Il étudia d'un air sombre l'homme qui se trouvait chez eux, à peine quelques heures plus tôt. Toujours en communication, il annonça :

— Deux balles, dont une à la base du cou. Il raccrocha et appela Levi dans la foulée. Mannford a été abattu dans sa maison. Il est encore en vie, mais il semble très mal en point. L'ambulance est en route. Je crains qu'il ne survive pas… Bailey est avec moi. J'aimerais la ramener et la sortir de là le plus vite possible, précisa-t-il après lui avoir jeté un coup d'œil.

— Attendez jusqu'à l'arrivée des secours ! Répondez aux questions de la police et nous verrons ensuite ce qu'il convient de faire. Les locaux sont-ils sécurisés ?

— Je n'ai pas eu le temps de vérifier, répondit Dakota. J'exerce une compression sur l'une des blessures. Il est probablement trop tard pour s'en inquiéter de toute façon.

— C'est une très mauvaise nouvelle ! Assurez vos arrières !

# Chapitre 15

TANT DE MORTS ! Bailey se tenait au-dessus de l'inspecteur Mannford, fixant l'homme gravement blessé.

— Bailey ? Bailey ?

Elle secoua la tête, sortant de son hébétude et se concentra sur Dakota.

— Quoi ?

— Ça va ? demanda-t-il d'un ton tranchant.

Elle se rendit compte qu'elle était restée figée, la main sur la bouche. Elle s'agenouilla à ses côtés et murmura :

— Oui, je vais bien. Mais pas lui. Il y a eu tellement de morts. Tant de meurtres.

— Il n'est pas encore mort !

Elle acquiesça.

— Est-il possible de survivre après avoir perdu autant de sang ?

— J'espère que oui, dit Dakota, fermement. Par contre, je ne suis pas certain que l'on soit en sécurité ici. Je ne veux pas que tu bouges. Reste près de moi !

Elle le dévisagea, stupéfaite, puis tourna rapidement sur elle-même, regardant le salon et la salle à manger.

— Tu penses que son agresseur pourrait être encore à l'étage ? Pourquoi resterait-il dans les parages ?

— Des cambriolages au cours desquels les propriétaires

ont été tués et où les intrus ont ensuite vécu dans leur maison, les cadavres pourrissant dans la cuisine pendant qu'ils faisaient la lessive et préparaient un repas, ça s'est déjà vu. Il n'y a ni rime ni raison. Dans ce cas précis, nous n'avons aucune certitude sur l'identité du tireur.

Bailey enroula ses bras autour de sa poitrine et s'assit par terre contre le mur.

— Comment peux-tu vivre ainsi ? chuchota-t-elle. Elle sentait son regard, mais n'osait pas lever les yeux. Après le décès de Rick, j'ai eu l'impression que mon monde avait été anéanti. Il y avait tant de souffrances. Pourtant, à la fin, sa mort a été une libération. Ça n'avait rien à voir avec ça. Bien au contraire. Ça, c'est de la violence pure. De la colère. Pas de libération ni de soulagement !

— Nous faisons de notre mieux pour nous assurer que personne d'autre ne soit tué.

— Je comprends. C'est juste… difficile.

— Je sais. Je suis vraiment désolé que tu doives voir ça, faire face à ça…

Bailey pencha la tête sur le côté, l'observa puis ajouta :

— Ce n'est pas ta faute. Tu as fait tout ce qu'il fallait.

Dakota lui attrapa la main et la serra doucement dans la sienne.

— Tu n'as rien fait de mal non plus.

— J'ai l'impression que rien ne va plus. Pendant longtemps, j'ai voulu mourir avec mon mari. Je savais à quel point cette attitude le mettait en colère. Il voulait que je vive. C'était difficile pour nous, pour moi.

— Bien sûr, ta vie consiste à être *toi-même*. Il ne s'agit pas de vivre en correspondant à ce que les autres attendent de nous. De nos jours, l'une des choses les plus difficiles que les enfants doivent réaliser en grandissant consiste à découvrir qui ils sont vraiment. Sans écouter irrationnellement leurs copains, sans être poussés par les autres à mal agir et sans être dévoyés par internet… Il s'agit de regarder à l'intérieur de soi et de comprendre ce qui est bon ou mauvais pour *soi*.

— Facile à dire…

— Mais difficile à faire, conclut-il. Oui, c'est vrai, il m'a fallu beaucoup de temps pour y parvenir. Heureusement, j'y suis arrivé.

— Je n'en suis pas encore là. Je ne sais pas à quel point je me suis éloignée de ma voie. Rick m'a dit de ne pas m'apitoyer sur mon sort. Je me suis vautrée. Il m'a dit de ne pas pleurer. J'ai sangloté nuit et jour. Le chagrin est une drôle de chose. On a beau essayer de le nier, cela ne change rien. Il vient toujours, nous prend à la gorge et nous oblige à l'affronter.

— La vie est ainsi faite. Tu n'es pas la seule à devoir faire face à des épreuves. La plupart d'entre nous ont perdu un être cher. Certes, pas de la même façon, mais c'est dur quand même.

— Je suis désolée, répondit-elle sincèrement. Je dois me rappeler que j'ai déjà traversé beaucoup d'épreuves !

Dakota approuva :

— Absolument. Alors, ne te sous-estime jamais ! Tu t'en sors très bien.

Bailey appuya sa tête contre le mur.

— L'ambulance ne devrait pas être là maintenant ?

Elle n'avait pas fini sa phrase que les sirènes se firent entendre au loin. Elle se leva lentement.

— Je vais leur tenir la porte.

Elle se dirigea vers elle et l'ouvrit au moment où la police et l'ambulance arrivaient. Elle leur fit signe d'entrer. Puis elle s'écarta du chemin. Elle avait oublié à quel point les urgentistes étaient des machines bien huilées. C'était incroyable de voir à quel point chacun d'entre eux était compétent et efficace dans la prise en charge de l'inspecteur.

Un policier lui demanda :

— Pouvez-vous me dire ce qui s'est passé ?

Bailey le conduisit vers la cuisine où Dakota était toujours aux côtés de l'inspecteur.

— Vous devriez probablement lui demander. Après avoir appris que le prisonnier s'était échappé, nous sommes venus voir l'inspecteur. La dernière fois que nous l'avions vu, c'était ce matin, lorsqu'il est venu récupérer le prévenu chez nous.

Le policier se concentra sur Dakota, capta son regard et lui signifia de les rejoindre. Dakota s'approcha, les mains couvertes de sang. Bailey ne pouvait s'empêcher de les regarder. Pendant que les deux hommes parlaient, elle se rendit dans la cuisine, trouva des serviettes en papier sur le comptoir, en mouilla plusieurs sous le robinet et en prit également des sèches qu'elle tendit à Dakota. Il baissa les yeux et s'essuya rapidement les mains. Elle jeta les serviettes sales dans la poubelle, puis se lava les mains.

Pendant un long moment, elle resta au-dessus de l'évier, entendant les bruits, les sons, luttant avec l'odeur du sang qui l'avait saisie. Chaque fois qu'elle avait dû aller s'occuper des pansements et des plaies qui s'étaient développées sur le corps de Rick, elle avait été assaillie par l'odeur de cette maladie, ce relent métallique qui planait constamment autour de son mari. C'était difficile. Alors que son cœur se brisait, son corps se décomposait. Ce fut une grande leçon sur la vie, sur la fragilité du corps humain. Voir l'inspecteur se vider de son sang fut un rappel brutal de cette réalité.

Elle entendit les ordres tandis qu'on le soulevait pour l'emmener. Lorsqu'elle estima qu'il n'y avait plus de danger, elle contourna la cuisine et observa la scène, le souffle court.

— Bailey ?

Elle étudia Dakota alors qu'il s'approchait d'elle. Il l'enlaça d'un bras, la serrant contre lui. Elle ne put s'empêcher de se blottir contre lui. Bailey le prit dans ses bras.

— J'espère qu'il va s'en sortir, chuchota-t-elle.

Il la serra doucement.

— Ils prendront soin de lui. C'est un miracle que nous soyons arrivés ici aussi vite.

— Maintenant, je me sens coupable d'être allée faire les courses ! s'écria-t-elle.

— Non. Ne fais pas ça ! Tu ne pouvais pas savoir. Nous n'avons eu connaissance de l'évasion qu'en entendant l'annonce à la radio.

— Oui, mais cela ne change rien au fait que, si nous étions arrivés plus tôt, l'inspecteur aurait peut-être eu plus de chances.

— Oui, peut-être… Cela dit, ce n'est pas parce qu'il est blessé qu'il est mort. Et n'oublie pas que si nous n'étions pas venus en ville pour faire des achats, nous ne serions pas passés chez lui. Ce n'est pas ton mari. Ce n'est pas parce que Rick est mort que Mannford va mourir.

— Un scénario complètement différent, marmonna-t-elle. J'en ai bien conscience, intellectuellement, mais…

— Il n'y a pas de mais.

— On peut rentrer au manoir maintenant ?

— Je dois voir avec Levi s'il veut que nous fassions autre chose d'abord. En ce qui concerne la police, nous pouvons partir.

Il sortit son téléphone, appela Levi et le mit au courant. Toujours dans les bras de Dakota, Bailey était assez proche pour entendre l'essentiel de leur conversation. Il la termina en disant :

— S'il n'y a rien d'autre, nous rentrerons à la maison.

— Vous ne pouvez rien faire de plus, constata Levi. Je préfère que vous rentriez sains et saufs avant que quelqu'un d'autre ne soit blessé.

Dakota rangea son téléphone. Son bras toujours autour de Bailey, il l'accompagna ainsi jusqu'au camion.

Dans l'habitacle, Dakota alluma le chauffage, comprenant instinctivement à quel point elle était frigorifiée. Une pluie fine se mit à tomber. Bailey regarda dehors les petites gouttes qui tombaient, frappant le pare-brise.

— On dirait que le temps connaît mon humeur.

Il démarra, consulta sa montre et annonça :

— Si nous ne voulons pas rater le dîner, dépêchons-nous !

Elle regarda l'heure et répondit :

— La poitrine doit déjà être prête. Alfred aura fini les légumes. Nous aurons des restes.

— C'est bien. J'adore les restes.

Elle s'installa pour le voyage de retour. Quarante-cinq minutes plus tard, alors qu'ils arrivaient devant le portail, Bailey fut surprise de constater qu'il était verrouillé. Dakota s'arrêta, attendit quelques minutes avant qu'il ne s'ouvre automatiquement. Après quoi, ils entrèrent.

— Ils peuvent nous voir ?

— Absolument. Depuis le poste de contrôle.

— Donc personne ne peut entrer à moins que quelqu'un ne l'y autorise ?

— Pas par ici.

Elle acquiesça et se réinstalla.

— Pourtant, un homme a réussi à pénétrer dans le manoir. Connaissait-il l'existence du tunnel ?

— Probable… Cela signifie que quelqu'un lui a fourni des plans… Il savait aussi où se trouvait l'angle mort. Il en a profité pour neutraliser la caméra. En somme, c'était un pro. Le risque que nous rencontrions beaucoup de pros comme lui est plutôt mince.

— Il est peut-être furieux que vous l'ayez capturé. Va-t-il se venger ?

— J'en doute. Mais cela ne signifie qu'il ne recommencera pas, admit Dakota.

— Sommes-nous en sécurité ici ?

— Je ne te mentirai pas. C'est assez difficile d'être complètement en sécurité quand on a un tueur professionnel aux trousses. Dis-toi juste que tu es plus en sécurité ici que tu ne le serais ailleurs.

— J'aurais pu aller à l'hôtel. Il n'aurait pas su où j'étais, soupira Bailey.

— Qu'est-ce qui te fait penser qu'il ne t'aurait pas suivie, qu'il ne le fait pas encore maintenant ?

Elle se retourna pour regarder derrière eux et faillit hurler sous la douleur émanant de son dos.

— C'est lui ?

— Non. Personne ne nous a suivis.

— C'est ce que tu attendais, n'est-ce pas ?

— Absolument.

Ils entrèrent et trouvèrent tout le monde assis, en train de dîner. Bailey rejoignit sa place, sourit à Alfred et lui dit :

— Je suis vraiment désolée de ne pas être revenue à temps pour t'aider avec les légumes.

— Il valait mieux que vous aidiez Mannford à survivre jusqu'à l'arrivée des secours.

Elle mangea, même si elle n'avait pas faim. Elle savait

que ça lui était nécessaire. Ça restait difficile sachant l'inspecteur à l'hôpital, luttant pour sa vie.

— Je déteste attendre des nouvelles. Je déteste attendre que les médecins vous contactent pour vous communiquer les résultats des tests. Je déteste attendre à l'hôpital que quelqu'un vous parle, prononça-t-elle soudainement, un peu hors contexte, ce qui surprit le groupe.

Dakota lui caressa doucement l'épaule.

— Patience. Nous aurons des nouvelles de lui ce soir.

Légèrement gênée, elle baissa le visage et continua à manger. Levi prit la parole.

— Dakota, peux-tu nous raconter ce qui s'est passé ?

— Après avoir entendu la nouvelle à la radio, je t'ai appelé. Ensuite, on s'est dirigés vers la maison de Mannford. La porte d'entrée était fermée, alors nous avons fait le tour par-derrière. La porte de la cuisine était fermée. Nous avons regardé par les fenêtres de chaque côté de la porte. J'ai vu son pied, au sol. J'ai crocheté la serrure, je suis entré et je l'ai trouvé gisant, avec deux impacts de balle, un dans le cou, un dans la poitrine. J'ai appliqué une compression sur la blessure du torse. L'hémorragie s'est ralentie. Puis son pouls s'est ralenti et s'est affaibli et du sang a commencé à s'écouler de sa plaie au cou.

— De l'artère ? demanda Ice.

Dakota secoua la tête.

— Non. Je ne sais pas combien de temps il est resté là. Je ne sais pas quelle quantité de sang il a perdue.

Elle opina.

— S'ils parviennent à endiguer l'hémorragie et à le stabiliser, les perfusions l'aideront à se rétablir. Tout dépend de l'étendue des dégâts.

— Il ne me semble pas que l'une ou l'autre des balles ait touché un organe vital, murmura Bailey. Je n'ai pas vu de dégâts dans le salon. Aucun meuble n'a été déplacé. Aucun tiroir de la cuisine n'a été laissé ouvert. Il n'y avait aucun signe de fouille. C'est comme si quelqu'un était entré et lui avait simplement tiré dessus.

— Mais… la porte était fermée à clé, dit Ice.

Bailey s'arrêta et la regarda fixement.

— Oui, reconnut-elle lentement, c'est vrai.

— Donc, soit quelqu'un avait les clés, soit le tireur les a prises sur place et a fermé derrière lui.

Dakota, la voix dure, prononça :

— Ou il était encore à l'intérieur…

Bailey déglutit difficilement.

— J'ai précisé à l'officier que nous n'avions pas eu le temps de faire le tour de la maison. Je crois avoir entendu un des ambulanciers dire qu'on lui avait tiré dessus au moins une heure avant notre arrivée. Le sang commençait déjà à figer, chuchota Dakota.

Ice acquiesça.

— Difficile à dire précisément, un grand nombre de facteurs entrent en compte.

Bailey s'adressa à Dakota.

— C'est pour ça que tu ne voulais pas que je te quitte ? Au cas où le tireur aurait toujours été dans la maison ?

— Oui, lui confirma-t-il. En restant dans la maison, le tireur devait savoir que quelqu'un viendrait à un moment ou à un autre.

Il y eut un silence autour de la table, tout le monde assimilant les paroles de Dakota.

— Il aurait pu sortir de plusieurs façons, y compris par

les fenêtres du deuxième étage. Nous avons fait ça à plusieurs reprises, commenta Levi à voix basse. Ne nous attardons pas sur le fait qu'il ait pu être encore à l'intérieur. J'en doute fort d'ailleurs, sinon il vous aurait éliminé tous les deux, pour ne pas laisser de témoins derrière lui. Surtout après avoir abattu un inspecteur.

Au bout de quelques minutes, Dakota finit son assiette, la mit de côté et proclama :

— Et si nous allions chercher ce type ?

— Combien d'hommes : un ou deux ? rétorqua Ice.

— Deux hommes minimum, formula Bailey. Celui qui a tiré sur l'homme dans la ruelle et celui que vous avez capturé ici. Elle interrogea Levi. Savons-nous si le maire a survécu ?

— Oui, il va s'en sortir. Il devrait sortir de l'hôpital aujourd'hui.

Une silhouette apparut alors dans l'embrasure de la porte. Dakota leva les yeux et sourit.

— Merk, tu es une sacrée tête de mule !

Merk fit lentement quelques pas vers la table et s'assit.

— Pas assez dure, grogna-t-il. Qui m'a frappé ?

— Un intrus. Il est passé par le tunnel. Quand tu as ouvert la porte et que tu es sorti, il était déjà là. Il ignorait que tu allais sortir, il a réagi en t'assommant.

— Quel connard ! J'ai encore mal à la tête !

Katina arriva derrière lui et s'assit, sa main serrant celle de Merk.

— Il est trop têtu. Il ne voulait pas rester au lit.

— Tu ne restais pas avec moi, argua-t-il. Il est hors de question que je reste là-bas tout seul.

Elle secoua la tête.

— Comme je l'ai dit : têtu !

Dakota les étudia, observant Katina cherchant Merk,

tout en le laissant faire. Il y avait beaucoup à dire sur cette attitude-là. Merk se redressa et déclara :

— Dites-moi que vous l'avez intercepté !

Levi acquiesça.

— Oui. Nous l'avons attrapé. L'inspecteur Mannford l'a arrêté. Il a été transféré à la prison locale. Et il s'est évadé. En parallèle, Mannford a reçu deux balles dans sa propre maison.

Merk resta pantois.

— Je reçois un coup sur la tête et le monde part en vrille !

— Le maire s'est également fait tirer dessus, ajouta Bailey. Pour en ajouter un peu plus.

Merk l'étudia depuis l'autre côté de la table.

— Qu'est-ce que tu en dis ? ! intervint Ice. Le maire a été touché à l'épaule. La blessure est superficielle et il a pu sortir de l'hôpital.

— Sacré veinard, remarqua Merk. Il regarda la cafetière, puis Katina.

Sans un mot, elle se leva, lui en servit une tasse, puis retourna en verser une seconde pour elle.

Il se pencha vers elle et l'embrassa sur la joue.

— Merci. Qu'est-ce qu'on fait ? J'en ai marre de me faire frapper. Je pense qu'au lieu d'attendre, il faut attaquer, dit Merk.

Cela relança la discussion.

— Nous savons que l'agresseur figure sur la liste des personnes recherchées par le FBI. Il a des accointances connues avec les cartels de la drogue. Connaître l'identité de la personne qui l'a engagé serait intéressant, déclara Levi.

— À mon avis, à l'heure qu'il est, il a disparu. On peut vérifier les caméras de circulation pour savoir dans quelle direction ? demanda-t-il à Ice.

— Stone est déjà en train de vérifier ça.

— Il ne serait pas plus facile pour lui de squatter une maison inoccupée et d'y rester ? questionna Bailey.

Dakota secoua la tête.

— Non. Je doute qu'il fasse ça. Il doit avoir quelques fausses identités, il peut aller à l'hôtel.

— Sommes-nous en état d'alerte pour prévenir une deuxième tentative ? se renseigna Merk.

— Affirmatif, déclara Levi.

— À ce propos, il est temps de relever Stone au poste de contrôle. Ice se leva, prit une tasse de café et sortit.

Dakota la suivit du regard. Dès qu'elle fut partie, le silence s'installa. Plusieurs femmes se levèrent et quittèrent la pièce à leur tour.

Bailey tapota la main de Dakota et lui dit :

— Je vais aider Alfred à la cuisine.

Elle laissa Dakota seul avec les autres hommes. C'était parfait. Maintenant, ils pouvaient établir un plan.

# Chapitre 16

— J'AI PRESQUE terminé, annonça Alfred. Inutile de m'aider.

Bailey sourit.

— Je pense que les hommes voulaient parler entre eux.

— Pour préparer les actions futures, opina Alfred.

— Je ne peux pas dire que je serais d'une grande aide pour ça. Elle se dirigea vers le lave-vaisselle. En revanche, je sais ce qu'il faut faire avec ça !

Il éclata de rire.

— Alors, vas-y !

Ils travaillèrent en silence pendant quelques instants, puis elle demanda :

— Penses-tu qu'il va réessayer ?

— Oui, vraiment.

— Oh ! murmura-t-elle. Peut-être vaut-il mieux que je parte, alors.

— Ça ne changera rien. En plus, Dakota ne te laissera pas faire.

— D'accord, je suppose que c'est logique. Elle continua à travailler, cherchant à comprendre ce chaos.

— Tu n'as pas à te sentir coupable. C'est leur travail. Ils établissent des plans. Bientôt, nous serons mis au courant.

Elle lui jeta un regard en biais.

— Les hommes viendront te chercher. Moi, je ne suis

rien.

— Tu y es pour beaucoup au contraire ! laissa-t-il échapper en riant.

Dakota vint dans la cuisine et annonça :

— Alfred, Bailey, venez un moment, s'il vous plait.

Ils pénétrèrent ensemble dans la salle à manger.

Levi avait posé un planning sur la table et le passait en revue avec les autres.

— Des roulements de quatre heures, par deux, on sécurise l'extérieur.

— Pourquoi dehors ?

— Parce que malgré tous nos efforts, nous n'arrivons pas à remettre en marche la caméra située dans l'angle mort. Il y aura donc toujours quelqu'un sur la colline. Par quart.

Bailey intervint :

— Je peux veiller aussi.

Dakota ricana.

— Pourquoi ? Pour qu'il puisse te cueillir sur la colline dès le début ?

— Bien sûr. Elle lui lança un regard furieux. C'est bien mieux que de vous voir vous faire embarquer.

— Personne ne s'en prendra à personne. Mais eux sont entraînés pour cela, ce qui n'est pas ton cas, Bailey, déclara Levi gentiment.

Elle apprécia cette considération. En même temps, elle souhaitait apporter sa contribution.

— Alors, puis-je vous aider d'une manière ou d'une autre ?

Il refusa.

— Non, je ne veux pas que tu te promènes dans le bâtiment. À partir de sept heures, tu es confinée dans ta chambre.

— Je peux le faire, approuva-t-elle.

— À la moindre alerte, vous vous mettez par deux et restez avec votre binôme. Nous ne voulons pas que quelqu'un manque à l'appel. Douze d'entre nous sont présents en ce moment. Assurez-vous que nous sachions où vous êtes à chaque instant de la journée !

— On forme les duos maintenant ? demanda Bailey. Comme ça, on aura toujours un œil sur quelqu'un d'autre.

— Techniquement, ça pourrait marcher, admit Levi. La plupart d'entre nous fonctionnent en binôme de toute façon.

— Chaque femme connait son rôle si besoin. La plupart préfèrent rester dans leurs chambres verrouillées, en attendant que leur moitié reviennent, déclara Ice calmement. Mais elles sont disponibles si nous avons besoin d'elles.

Ice était de quart au poste de contrôle. Bailey était seule. Alfred était seul. Dakota était seul, mais en dehors d'eux, Bailey doutait que qui que ce soit d'autre soit seul. Elle ignorait toujours qui vivait ici en permanence. La moitié de l'effectif étant en vacances ou en mission.

Ils discutèrent de quelques autres points, puis Levi établit le programme. Dakota était dehors en tant que sentinelle. Ice était dans la salle de contrôle pour assurer la surveillance. Stone s'occupait de la sécurité intérieure, puis il remplacerait Dakota en tant que sentinelle.

Toutes ces informations la rendaient plus que nerveuse. Il n'y avait qu'une chose à faire : rester à l'abri. Elle était tout à fait disposée à le faire. Elle avait sa tablette, elle trouverait bien de quoi s'occuper.

De retour dans sa chambre, elle s'assit, regrettant de ne pas avoir pu dire au revoir à Dakota. Lui dire d'être prudent. Il avait disparu avec Levi pour parler équipement. Elle avait compris maintenant qu'une armurerie complète existait dans le domaine. Ça la rassurait. Les hommes étaient tous entraînés à l'emploi de n'importe laquelle de ces armes.

Elle n'avait jamais rien vu de tel. Elle n'avait jamais été entourée de pareils guerriers. Elle n'arrivait pas à imaginer à quoi ressemblait cet endroit lorsque tous étaient présents. Elle n'arrêtait pas d'entendre qu'il y avait plusieurs hommes en mission. Quelques femmes étaient en voyage d'affaires et une autre rendait visite à sa famille. Ça formerait une belle réunion de famille quand ils reviendraient. Bien sûr, Bailey ne serait alors plus là.

Elle avait beaucoup de décisions à prendre concernant son avenir. Son travail lui convenait toujours, pour autant qu'elle le sache. N'ayant quasiment plus rien, elle ressentait un certain sentiment de liberté. Par contre, le désordre de son appartement devait être nettoyé.

Heureusement, elle avait pu récupérer les souvenirs de son mari.

En pensant à cela, elle se dirigea vers la boîte qu'elle avait ramenée. Elle en souleva le couvercle. Elle sourit en contemplant la photo de leur mariage. Il avait l'air en pleine forme et heureux. Ils étaient loin de se douter qu'il était déjà très malade. Il ne souffrait pas, n'avait jamais manifesté le moindre malaise…

Lorsqu'elle arriva au fond de la boîte, elle avait encore les yeux humides, mais elle n'éprouvait plus le même chagrin d'amour, la même agonie. Elle ne sanglotait plus non plus. C'était un progrès. On frappa à sa porte.

— Entrez !

Dakota fit son apparition, lui sourit, vit la boîte dans sa main et son sourire s'effaça.

Elle la posa à côté d'elle.

— Tu sors ?

— Oui. Pour quatre heures. Je te verrai à mon retour ?

— Non, je serai déjà endormie.

Il s'approcha d'elle.

— Tu vas bien ? Tu avais l'air bouleversée tout à l'heure.

Elle se déplaça doucement pour ménager son dos.

— En fait, ça va. Je suis désolée pour l'inspecteur. Mais même si l'intrus a réussi à entrer la nuit dernière, je me sens en sécurité. Même si je m'inquiète pour toi.

— Pour moi ? répéta-t-il surpris.

— Tu vas monter au sommet de la colline, surveiller les alentours… Qui peut me garantir que tu ne finiras pas par être une victime, toi aussi ?

Incrédule, il affirma :

— Je ne serai pas une victime. Nous sommes tous entraînés. Ne t'inquiète pas ! C'est mon boulot. C'est notre travail.

Elle lui jeta un rapide coup d'œil.

— Je sais tout ça, mais ça peut arriver.

Il rit :

— Oui, ça peut arriver, mais nous le savons. Nous nous y sommes préparés.

Elle se leva lentement.

— Une chance d'avoir un câlin avant de partir ?

Il ouvrit les bras.

— En fait, c'est pour ça que je suis venu.

Elle lui adressa un sourire ravi.

— Heureuse de te l'entendre dire. Elle se jeta dans ses bras, et pendant un long moment, ils restèrent enlacés dans un silence paisible.

Il fit un pas en arrière.

— Reste ici et fais attention à toi ! Il fit semblant de lui donner un coup de poing sur le menton. Elle sourit, répéta le même geste sous son menton et lui lança :

— Fais attention, dehors !

Il se pencha sur elle, l'embrassa sur le front et sortit.

Elle regarda la porte se refermer. Elle réalisa alors à quel point ce baiser sonnait faux. Ce n'était pas un baiser amoureux, ni même un baiser amical. C'était presque un baiser paternel. Comme s'il voulait lui montrer qu'il s'intéressait à elle, mais qu'il ne se sentait pas capable de faire plus qu'un chaste baiser' C'était une erreur.

Elle se rassit et pensa aux changements, aux bouleversements qu'elle avait connus et au chemin qu'elle avait parcouru.

Bailey se rendit compte qu'elle n'avait pas vraiment fait savoir à Dakota qu'elle se remettait de la mort de Rick. Jusqu'à présent, il s'était montré extrêmement circonspect en s'occupant d'elle. Bien sûr, elle ignorait s'il existait, entre eux, un réel intérêt mutuel. Il ne s'était jamais montré sérieusement attiré par elle, comme s'il attendait qu'elle l'encourage. Il n'était peut-être pas totalement indifférent, mais pas assez accroché pour être prêt à passer à l'acte.

Confuse, un peu perdue, elle réalisa que le vrai problème résidait dans le fait qu'il imaginait probablement qu'elle n'était pas prête pour une autre relation. Qu'elle était encore en train de faire le deuil de son mari.

Il avait tort. Mais il ne pouvait pas le savoir. Elle jeta un coup d'œil à la boîte posée sur le lit et sourit. Il y avait peut-être une belle chose à tirer de cette folie… Ce drame l'avait aidée à prendre du recul sur son passé et lui avait permis de comprendre qu'elle était prête à passer à autre chose.

Certaines nuits, on peut voir à l'infini, lorsque la lumière de la lune éclabousse le sol, montrant chaque rocher, chaque colline, chaque creux. Avec une telle clarté, on peut marcher pendant des kilomètres. Ce soir-là n'était pas l'un de ces soirs. L'obscurité était dense. Dakota ne connaissait pas aussi bien le terrain que les autres. Mais alors qu'il s'accroupissait dans les broussailles près de l'entrée du tunnel, il savait parfaitement où était sa place et où il ne devait pas se trouver. Ses yeux s'adaptèrent à l'obscurité.

Les lumières dans le tunnel étaient à la fois une bonne et une mauvaise chose. Elles étaient parfaites pour distinguer où l'on allait, mais elles posaient aussi problème. Pendant que les yeux s'acclimataient à la pénombre, en sortant du tunnel, on était momentanément aveugle dans une obscurité pareille.

Dakota n'avait rien à craindre. Aucun véhicule ne stationnait en contrebas. Il ne savait pas ce qui se passait avec la caméra.

Il tapa deux fois sur son communicateur pour donner le signal, puis s'installa. Il était au sommet, le tunnel juste en dessous de lui, les buissons sur le côté, il avait une vue sur la route qui conduisait vers la ville.

Assis, il laissa son esprit dériver vers Bailey, son mari, l'inspecteur Mannford et le maire. Au lieu de s'agiter et de les laisser se mélanger dans son esprit, il se contenta d'observer les pensées le traverser. Il les regarda tranquillement et les laissa passer. Son cerveau fonctionnait mieux ainsi.

Heureusement, il faisait sec dehors. Après les pluies torrentielles des deux derniers jours, il était heureux de constater que le sol était de nouveau poussiéreux. Il était plus facile d'entendre des bruits de pas résonner dans la nature lorsque le sol était sec. Après ses mois d'entraînement chez les SEAL, il savait être aussi silencieux et furtif que n'importe lequel des animaux qui vivaient et chassaient sur ce terrain.

Au loin, il aperçut les phares des véhicules qui se dirigeaient vers la petite ville voisine. Les deux files lumineuses allaient dans des directions opposées. Dakota était juste assez haut pour voir ces faisceaux de lumière circulant sur les routes principales. Rien ne venait de ce côté-ci. Cela ne signifiait pas pour autant que quelqu'un n'arriverait pas à pied.

Il laissa son regard fouiller les collines. Remarquant un mouvement, il s'arrêta. Il perçut l'indice d'une plus grande activité, mais il n'était pas sûr de ce qu'il avait vu. Des animaux devaient être en chasse. Dakota savait, en son for intérieur, que celui qu'ils cherchaient se montrerait ce soir.

Restait le problème du maire. Dakota aurait souhaité qu'ils retrouvent une trace de son homme de main. Il ressemblait un peu trop à un pigeon dans l'attaque contre le maire. Dakota ne détestait pas les politiciens, mais il exécrait la politique en général, trouvant que la plupart des hommes politiques étaient des menteurs. Bien sûr, il existait probablement des gens honnêtes dans ce microcosme, mais il n'avait pas encore eu l'honneur d'en rencontrer. Pourtant, il devait garder l'esprit ouvert.

Il ne pouvait s'empêcher de penser que le maire s'était peut-être tiré dessus lui-même. Malheureusement, c'était un tir difficile à réaliser, il y aurait eu des résidus de poudre sur sa main et la blessure aurait très différente si le canon avait été pressé contre sa peau.

La police pouvait facilement élucider ça. Le maire n'était pas si stupide. Il pouvait, par contre, avoir engagé quelqu'un pour lui tirer dans l'épaule. Les deux agresseurs étant toujours en fuite, l'un ou l'autre pouvait se présenter de nouveau ce soir. Dakota doutait de l'implication d'une troisième personne. Deux assassins ne travaillant pas ensemble, c'était déjà deux de trop.

Dakota aimait être dehors, ne faire qu'un avec la terre. Il était à l'aise dans son travail, à l'aise avec les compétences qu'il utilisait naturellement. Pourtant, il y avait toujours quelque chose qu'il aimerait apprendre. Ce qu'il faisait, il le faisait bien.

Il envisageait de bouger lorsque quelque chose se déplaça dans son champ de vision. Il observa un coyote qui se frayait un chemin à travers les broussailles. Dakota s'habituait encore à la faune indigène du Texas, différente de celle de la Californie, les coyotes étaient omniprésents ici.

En tournant légèrement la tête, il vérifia la zone située à sa gauche. Il n'utilisait pas de jumelles, mais avait remonté la lunette de son fusil. Le reflet de la lumière de la lune n'était pas très important, mais suffisant pour indiquer sa position. Un professionnel percevrait chacun de ses mouvements. Malgré ça, Dakota devait contrôler ses arrières.

Il s'enfonça lentement dans le sol, derrière les broussailles, puis se retourna pour regarder dans son dos. Personne. Pourtant, il n'avait pas l'impression d'être seul. Ses instincts continuaient à lui labourer l'estomac, à le harceler, à le titiller et à le pousser.

Il savait que Bailey serait au lit. Il devait admettre qu'il aimerait être auprès d'elle. Juste pour la tenir dans ses bras et lui faire savoir qu'elle était en sécurité. Il devait agir prudemment. Elle était loin d'être prête pour une relation. Il n'était pas sûr d'être patient. Il le découvrirait. Il y avait quelque chose en elle. Quelque chose dans son sourire. Il ignorait si elle *s'intéressait vraiment* à lui. Elle s'appuyait sur lui, acceptant l'aide qu'il pouvait lui apporter. Si elle s'était montrée réticente au début, elle se sentait maintenant à l'aise et acceptait l'aide de tout le monde.

Elle s'était impliquée, avait naturellement aidé Alfred comme si elle faisait partie de l'équipe. Le fait qu'elle adorait cuisiner et qu'elle était manifestement très douée était un atout considérable. Il savait qu'elle s'intégrerait. Et même parfaitement. Il se demandait si Levi envisagerait de l'engager pour assister Alfred. Mais le souhaiterait-elle ? Cela faisait partie de son histoire. Peut-être était-ce juste pour aider Alfred le temps de son coup dur qu'elle avait remis ça. En faire de nouveau sa carrière, c'était une tout autre histoire.

Mais cela lui permettrait de la garder près de lui. Il la garderait là et pourrait lentement l'apprivoiser.

Dakota devait admettre que ses raisons de désirer que Levi embauche Bailey étaient égoïstes, et Levi le saurait. Quels que soient les arguments avancés par Dakota, Levi et Ice le sauraient. Tout le monde le saurait.

Une heure après le début de son quart, il tapa deux fois sur son communicateur pour faire savoir qu'il était toujours là, que tout allait bien. Toujours aux aguets, une autre heure s'écoula tranquillement. Lorsqu'arriva la fin de son quart, il se demanda si son instinct ne l'avait pas trompé.

Jusqu'à ce qu'un buisson, non loin de là, bouge. Il s'immobilisa, puis pivota derrière les buissons pour scruter le flanc de la colline où il avait entendu le bruit. Rien ne bougea. Soudain, une longue silhouette se détacha et remonta. Dakota tapa trois fois sur son communicateur, puis trois fois encore, pour avertir son équipe qu'ils avaient de la compagnie.

Il se concentra sur l'intrus. Il ne pouvait pas distinguer s'il s'agissait du même que la dernière fois. Le type se déplaçait silencieusement. Au ras du sol. Rapidement, il franchit la distance jusqu'au domaine. Il n'était pas venu en voiture, il avait traversé à pied. Mais était-il seul ? Sans perdre de vue sa proie, Dakota fouilla les collines sur le côté.

En entendant un son dans son oreillette, il comprit que Rhodes avait pris position de l'autre côté. Leur cible serait prise en sandwich entre eux deux. Seul Dakota se trouvait vers l'entrée où l'intrus semblait se diriger. Rhodes arriverait par-derrière, ils le coinceraient sur place. Du moins, c'était le plan. Dakota observait, ne détachant pas ses yeux de la silhouette se rapprochant, silencieusement. Aussi impitoyable que n'importe quel prédateur nocturne.

Stone et Ice devaient l'avoir repéré sur les caméras de surveillance. Dakota attendit. Normalement, un autre homme devrait être posté à l'intérieur du tunnel, mais ils manquaient de personnel. Il se rapprocha puis se recroquevilla. Dans l'état actuel des choses, il lui serait difficile de sortir de sa cachette avant que l'intrus n'ouvre la porte du tunnel. Une lueur éclaira immédiatement son profil. Heureusement qu'il ne connaissait pas l'existence des projecteurs.

L'intrus révéla l'arme de poing qu'il gardait cachée dans sa paume.

Au moment où il s'engagea dans le tunnel, les fusils furent armés.

La voix dure de Levi lâcha :

— Je ne crois pas, non.

Dakota se retrouva immédiatement derrière l'homme, son pistolet appuyé dans le bas du dos de l'inconnu. Il désarma l'intrus. Dakota dit à Levi :

— Je le tiens en joue, j'ai pris ses armes.

— La voie est libre, déclara Ice.

Levi fouilla leur visiteur et lui passa les menottes, Rhodes les rejoignit. Après avoir jeté un dernier coup d'œil dans l'obscurité qui les entourait, ils escortèrent l'intrus jusqu'à la prison.

Dakota voulait croire que c'était fini. Mais un doute tenace le tiraillait, ce salaud était-il venu seul ? D'habitude, les pros travaillent seuls. Ainsi, ils ne risquaient pas de se faire doubler et n'avaient pas à partager leur salaire. Mais jusqu'à présent, rien n'avait été simple dans cette affaire.

L'homme était désarmé et toutes ses armes mises en pièces détachées. S'il se libérait et s'emparait de l'une d'elles, il lui faudrait au moins quelques minutes pour la remonter. Dakota reporta son attention sur l'intrus. Levi lui retira sa cagoule. Ils se figèrent tous. C'était un étranger.

— Oh, merde ! Levi se dirigea vers l'interphone.

Dakota leva ses armes et lança :

— Je m'en occupe. Il remonta en courant, vérifia l'étage principal. Au téléphone, il dit : Ice, quelqu'un d'autre est sorti du tunnel ?

— Non, pas que nous ayons vu. Mais nous devrions ajouter des capteurs dès que possible. Qu'est-ce qu'il y a ?

— Ce n'est pas le même intrus. C'est un inconnu.

Il pouvait entendre son silence choqué.

— OK. Nous allons procéder à un balayage complet à l'étage et descendre à chaque étage. Mais nous n'avons vu personne d'autre entrer.

— Je ne garantis pas qu'il y en ait un deuxième, mais je ne me sens pas tranquille. Je vais retourner vers l'entrée extérieure du tunnel et m'assurer que tout est sécurisé. Levi et Rhodes s'occupent de notre visiteur.

— Après ça, on va créer une vraie prison ! s'emporta Ice. Une cellule d'où personne ne pourra sortir.

Alors qu'il courait le long du tunnel, Dakota comprit ce qu'elle ressentait. C'était une chose d'attraper ces types, mais les perdre et devoir recommencer était une véritable plaie. Il se glissa à nouveau dans la nuit. Il lui fallut dix bonnes minutes pour parcourir les collines. La nuit semblait vide. Il savait qu'il pouvait se tromper. Il avait envie de retourner à l'intérieur et de vérifier la maison.

Même si Ice était à la recherche d'un intrus, il suffisait qu'elle ait détourné le regard une seconde de l'entrée. Le temps d'un clignement d'œil... Ils avaient besoin d'une serrure supplémentaire pour que, même si quelqu'un entrait dans le tunnel, il ne puisse pas pénétrer dans le manoir.

Il tapota sur son téléphone.

— Je reviens, Ice.

Alors qu'il s'apprêtait à regagner l'étage principal de la maison, sa communication se déclencha trois fois, puis encore trois fois. Dans un soupir, il murmura :

— Merde !

# Chapitre 17

BAILEY DORMIT PROFONDÉMENT jusqu'à ce qu'elle se retourne dans le mauvais sens et que son dos lui envoie des douleurs aiguës qui se répercutèrent jusqu'à ses côtes. Elle se réveilla en sursaut, haletant pour apaiser cette torture. Il y avait des limites à ce qu'elle pouvait supporter. Apparemment, elle les avait atteintes. Elle avait oublié de prendre ses analgésiques avant de se coucher.

Merde ! Bien éveillée, elle se redressa lentement et se dirigea vers la salle de bains. Après avoir fini, elle s'assit de nouveau sur le lit et prit deux antidouleurs avec un verre d'eau. Elle était barbouillée. Elle se demandait si elle pouvait aller chercher une tasse de lait chaud. Elle savait qu'Alfred n'y verrait pas d'inconvénient, mais elle était censée rester dans sa chambre. Il ne lui faudrait pas plus de dix minutes pour faire l'aller-retour. Elle pourrait la rapporter dans sa chambre.

Comme tout le monde veillait, elle se dit que c'était sans danger. Elle enfila ses pantoufles et sa robe de chambre, grimaçant sous l'effet de la douleur. Elle aurait besoin d'Ice pour vérifier si des points de suture n'avaient pas été arrachés. Mais elle ignorait comment elle avait pu faire ça.

Elle se dirigea tranquillement vers l'ascenseur.

Elle était encore en train de nouer la ceinture de son peignoir lorsque les portes s'ouvrirent. Elle l'inspecta avant d'entrer et de se rendre vers le rez-de-chaussée.

Bien que très accueillant, cet endroit ressemblait plus à un hôtel qu'à une maison. Ice et Levi avaient effectué un travail formidable pour que tous se sentent les bienvenus.

Dans la cuisine, Bailey alla chercher le lait et en versa dans une casserole qu'elle fit chauffer rapidement sur la cuisinière. Elle ne tarda pas à le transvaser dans une tasse. Elle y ajouta un bâton de cannelle et retourna dans le couloir.

Elle avait mis un peu trop de lait, ce qui l'empêchait de marcher rapidement sans en renverser. Devant les portes de l'ascenseur, elle l'appela et attendit. Elle souffla sur son lait, souhaitant qu'il refroidisse vite. La tasse la brûlait. Pourquoi n'avait-elle pas pensé à prendre un plateau ?

La porte s'ouvrit, Bailey entra doucement, ne voulant pas renverser du lait et prendre le risque que quelqu'un glisse et tombe. Alors que l'ascenseur allait se refermer, quelqu'un la rejoignit. Elle leva les yeux en souriant. Son sourire s'effaça instantanément.

— Que faites-vous ici ? !

— Bailey ? Bailey Hoskins ? lança le maire. En bon politicien, il lui adressa un sourire arrogant, qui sous-entendait qu'il pouvait lui faire tout ce qu'il voulait. Elle appuya sur le bouton maintenant la porte ouverte. Alors qu'elle s'apprêtait à ressortir, il ajouta : oh non, je ne crois pas ! Il actionna l'interrupteur qui bloquait l'ascenseur indéfiniment. Un bouton pause. Sans bruit de bourdonnement.

Le cœur serré, Bailey avait conscience du danger, elle n'avait aucune idée de l'endroit où se trouvaient les autres.

— Comment êtes-vous entré ?

— Quand ils ont capturé mon acolyte, ils ont oublié de refermer derrière eux. Toute leur attention était focalisée sur lui et non sur moi, s'esclaffa-t-il.

— Je suis sûre qu'ils sont à votre recherche ! Elle lui lança un regard noir. Tout le monde vous cherche depuis que vous avez tiré sur l'inspecteur !

— C'est vrai sauf que je n'ai pas tiré sur Mannford. C'était Jim, un de mes hommes. Et ça n'a aucune importance, car il ne m'importe plus. Il a rempli sa mission.

— Que voulez-vous dire ? Qu'il vous a servi pour vous débarrasser de vos ennemis ? L'avez-vous tué ensuite ? Il a disparu. Je parie que vous l'avez fait, n'est-ce pas ? Je sais que la politique est un combat acharné, mais là, c'est ridicule. D'autant plus qu'il a occis votre autre homme dans la ruelle, Troy Burgess ? Pourquoi ? Pourquoi assassiner quelqu'un ? !

— Initialement, Troy était tout à fait favorable à l'accord que nous avions conclu, mais ensuite, il s'est dégonflé. C'était inacceptable, déclara le maire d'une voix dure. Il fallait donc se débarrasser de lui avant qu'il n'aille voir les flics. Vous savez, le meilleur moyen de garder les gens de son côté consiste à les impliquer dans les magouilles. Après, ils ne peuvent plus aller voir la police. Troy était mouillé depuis longtemps dans de sales affaires. Des pots de vin pour des contrats gouvernementaux que nous accordons par exemple… Nous attendons tous quelque chose. Et plus il y a d'argent, mieux c'est. Il sourit. Il existe aussi des accords consistant à fermer les yeux pendant que des entreprises commettent des choses illégales. Nous savions tous qu'il y avait un prix à payer. Un jour, un immeuble s'est effondré. Deux enfants ont été tués. Cela ne serait probablement pas arrivé si nous avions veillé à ce que l'inspection soit faite. Troy s'était occupé de cette affaire-là. Il n'en supportait pas les résultats. Il a décidé qu'il voulait sortir de tout ça…

— Vous vous êtes tiré dessus pour faire diversion ! Personne n'a été dupe, vous savez, lui balança-t-elle furieuse.

— Cela n'a pas d'importance puisque je ne l'ai pas fait. Mon nouvel employé a été parfait.

Elle ricana.

— Est-ce qu'il sait qu'il est une diversion ?

Le maire haussa les épaules. Elles étaient massives, Bailey réalisa qu'il avait une carrure de joueur de baseball.

— Comment avez-vous pu vous approcher de la propriété sans que personne ne vous voie ?

Il sourit.

— Tu poses tellement de questions…

Elle secoua la tête.

— Aucun véhicule n'est arrivé par la route, ils vous auraient aperçu !

— Je vis au Texas depuis longtemps, petite fille. Il y a bien plus de façons de faire les choses que tu ne l'envisages.

— Et que faites-vous ici ?

— Eh bien, je suis venu discuter avec toi…

Elle tenta de se dégager, mais il lui attrapa le bras.

— Joue pas ! Pas avec moi.

— Je n'entrerai pas dans cet ascenseur avec vous.

— Oh que si ! Et il la rapprocha de lui.

Bailey utilisa la seule arme dont elle disposait. Du lait bouilli. Elle le lui jeta au visage. Ses cris de rage et de douleur furent doux à ses oreilles.

Elle emprunta l'escalier et dévala les marches. Quelqu'un devait monter la garde vers la « prison ». Elle ne savait pas quelle direction prendre. Elle aurait pu rejoindre le poste de contrôle. Mais elle ne voulait pas entraîner le maire à l'étage, où d'autres personnes dormaient.

Elle entendit le maire courir derrière elle et accéléra. Son dos était blessé, pas ses jambes, même si chaque saut sur les marches lui envoyait une douleur fulgurante dans la colonne vertébrale. Elle s'élança vers la porte, criant. Merk sortit et l'attrapa.

— Qui y a-t-il ? !

— Il me poursuit ! bafouilla-t-elle. Il vient de m'attraper dans l'ascenseur. Je lui ai jeté du lait chaud au visage et je me suis enfuie !

Bailey tremblait tellement qu'elle pouvait à peine tenir debout. Merk la cacha derrière lui et s'abrita derrière la porte.

Elle n'avait plus d'arme. Elle avait utilisé la seule défense disponible qu'elle avait. Elle voulait vraiment quelque chose d'autre. Elle jeta un coup d'œil au prisonnier qui les fixait, narquois, avec un grand sourire. Elle lui lança un regard noir.

— Je ne sourirais pas trop à ta place. Tu n'es qu'une diversion ! Il s'en fout totalement que tu te fasses prendre ou pas.

Le sourire s'évanouit. Il la regarda, furieux.

— Conneries ! Il est venu me tirer de là.

— Tu rêves ! Il est là pour finir le travail.

Merk s'approcha d'elle, lui prit la main et lui indiqua de se taire. De l'autre côté du couloir, Bailey vit la clinique. Elle dépassa le prisonnier et y entra. Accroupie derrière une civière, elle s'approcha de l'endroit où l'on rangeait les instruments médicaux. Quelle installation bien équipée. Il y avait beaucoup de seringues. Pouvait-elle en remplir une de médicaments pour la plonger dans le bras du maire ? Elle préféra se munir d'un scalpel. Avec lui dans sa main, sachant qu'il était mortellement tranchant, elle se sentait mieux.

Soudain, des coups de feu retentirent. Elle se précipita vers l'embrasure de la porte et se cacha derrière un petit meuble. Elle espérait que Merk allait bien. Il était déjà blessé. La dernière chose dont il avait besoin était de l'être de nouveau.

Des coups de feu résonnèrent encore. Elle entendit d'autres personnes courir vers eux. Elle n'était pas sûre de savoir de qui il s'agissait. Elle se redressa un peu pour surveiller la porte. La première chose qu'elle vit fut le prisonnier. Elle sursauta en observant un mouvement soudain sur sa droite. La douleur la foudroya. Il y eut d'autres coups de feu. Elle s'accroupit à nouveau, entendant le prisonnier narguer Merk.

— Laisse tomber ! Tu ne peux pas tuer le maire ! lâcha-t-il. Tu as une morale, une éthique. Lui, non. Il tuera chaque membre dans cette maison sans s'en soucier !

— Je peux tuer n'importe quel connard s'introduisant chez moi, rétorqua Merk. Pas la peine de m'emmerder !

— Tu devrais l'écouter ! s'esclaffa le maire. Ou pas. Tue-le ! Quand il sera mort, plus personne ne saura qui a fait quoi.

Le prisonnier sursauta.

— Hé, ce n'est pas…

Un seul coup de feu fut tiré. Un silence s'ensuivit. Bailey jeta un coup d'œil et aperçut du sang couler sur le côté de la tête du prisonnier, qui s'affaissa sur sa chaise.

Elle frissonna et ferma les yeux. Le maire avait tué un autre de ses hommes.

Bailey secoua la tête. S'il s'approchait un tout petit peu plus, elle le tuerait elle-même.

Il s'avança devant la porte de la clinique.

— Où est-elle ? Je sais qu'elle est venue ici !

— Je n'en ai aucune idée, déclara Merk.

Elle ne voyait Merk nulle part, elle pensait donc qu'il se cachait. Le maire se trouvait derrière la porte ouverte de la clinique, dos à elle. Elle regarda le scalpel qu'elle tenait dans sa main. Était-il suffisant pour le poignarder ? C'était un homme costaud. Il ne tomberait pas d'un seul coup. À moins qu'elle ne l'atteigne au cou.

Il tira un autre coup de feu. Bailey entendit Merk jurer. Cela la mit en colère.

Une autre voix s'ajouta à la mêlée.

— Tu es encerclé !

Elle sourit. C'était Dakota.

— Oh, je ne crois pas. Tu sais quoi ? Ta petite chérie est ici avec moi. Tu n'auras plus aucune chance avec elle.

— Bailey, cours ! cria Dakota.

Elle ne savait pas quoi faire. Répondre ou se taire ?

— Réponds-moi si tu es là !

Elle comprit qu'il voulait effrayer le maire. Lui faire croire qu'elle n'était pas là. Tout ce dont il avait besoin, c'était que le maire baisse sa garde, une fraction de seconde.

Le maire éclata de rire.

— Tu vois ? Elle ne t'écoute pas non plus.

Un autre coup de feu fut tiré. La balle se ficha dans le panneau de la porte, à côté du maire. Il jura et s'enfonça dans la clinique, la cherchant du regard.

Elle était accroupie derrière le seul petit meuble. Il ne lui faudrait pas longtemps pour la trouver. Plus il restait là, plus Merk et Dakota avaient le temps de se rapprocher.

Elle retint sa respiration et garda une position basse.

— Où es-tu, petite salope ?

Elle n'avait pas répondu à Dakota, elle ne lui répondrait certainement pas.

Le maire l'aperçut alors. Un horrible rictus se dessina sur son visage. Il se mit en position pour tirer. Elle poussa le meuble dans sa direction et se précipita sur le côté, sous la table d'opération. L'arme du maire s'enraya. Bailey arriva derrière lui alors qu'il essayait de tirer à nouveau. Elle planta son scalpel dans son corps.

Il lui cria dessus. Dakota lui cria dessus. Des coups de feu furent tirés. La porte s'ouvrit dans son dos, mais elle ne put s'arrêter de le taillader. L'instant d'après, des bras puissants l'entouraient, la soulevaient, la tiraient, la maintenaient en l'air pour qu'elle ne puisse plus blesser personne. Elle entendit des grognements, des gémissements et des cris.

— Doucement, chérie ! Calme-toi, Bailey !

Elle se figea.

— C'est fini ? s'écria-t-elle. Elle se tordait encore, en réalisant que son dos était en feu.

Dakota la déposa lentement au sol. Elle se retourna pour découvrir le maire, encore debout, mais ayant besoin de l'aide de Merk pour tenir sur ses jambes. Elle l'avait poignardé à la poitrine, ouvrant sa chemise, il saignait d'au moins une douzaine d'endroits différents. L'une des blessures de son avant-bras était profonde.

La salle se remplit de monde. Ice s'approcha, jeta un coup d'œil au maire, évalua les dégâts et se dirigea vers Bailey. Elle lui tendit doucement la main.

— Bailey, j'ai besoin du scalpel.

Bailey leva son regard terrifié vers Ice.

— Est-ce que je l'ai tué ?

— Non. Mais nous le tenons maintenant. Il ne peut plus te faire de mal. Elle approcha sa main. J'ai besoin du scalpel, maintenant, s'il te plaît.

Lentement, le bras tremblant, Bailey le laissa tomber dans la main d'Ice. Ce fut alors qu'elle se rendit compte qu'elle était complètement couverte de sang, de la tête aux pieds. Elle se regarda et demanda :

— Suis-je blessée ?

Ice gloussa.

— Pas la moindre idée. Qu'en penses-tu ?

Elle contempla Dakota, puis Ice.

— Je pense que je vais bien, à part en ce qui concerne mon dos… En revanche, le maire…

Il était maintenant assis, affaibli par la perte de sang. Ice se déplaça et exerça une pression sur les blessures les plus graves. Levi était au téléphone, des appels furent passés, d'autres jurons furent prononcés alors que d'autres personnes arrivaient. Il y avait trop de bruit, de confusion et de chaos.

Avant qu'elle ne le réalise, Bailey fut assise. Dakota se tenait à côté d'elle, la maintenant en place pour qu'elle ne s'effondre pas. Elle baissa les yeux sur ses mains et son peignoir.

— Je suis couverte de sang.

— Aucune importance, lui dit-il. Je suis juste sacrément content que ce soit le sien.

Elle secoua la tête.

— Tout ce que je voulais, c'était une tasse de lait !

Il jeta un coup d'œil sur elle et sur le maire.

— C'est ce qu'il a sur le visage ?

Elle examina attentivement le visage du maire. Il était rouge, douloureux et bouffi.

— Il est monté dans l'ascenseur avec moi. Quand j'ai essayé de sortir, il m'a retenue. La seule chose que j'avais, c'était la tasse de lait, alors je la lui ai jetée à la figure !

— Bien. J'espère qu'il était sacrément chaud.

— Oui. Il l'était. Je fais un excellent lait chaud ! sourit-elle.

Il pouffa. Ses gloussements devinrent de plus en plus forts jusqu'à ce qu'il se mette à rire à gorge déployée. Il la prit dans ses bras et la serra contre lui.

— Tu es une méchante fille !

Elle leva les yeux vers lui et l'enlaça.

— Je ne peux pas dire que j'ai déjà été mise à l'épreuve auparavant !

— Eh bien, c'est chose faite maintenant et tu as réussi avec brio !

Elle sourit.

— Je ne pouvais pas le laisser t'attaquer !

Il rit à nouveau.

— Tu es mon héroïne !

— Tu penses vraiment que je ne suis pas au courant ? L'une des filles m'a parlé de la blague du héros et de l'héroïne, ricana-t-elle.

— Ce n'est qu'une blague, dit Dakota, hilare.

— Je ne pense pas que ce soit le cas, déclara-t-elle. Si nous voulons avoir une relation, il faut que quelqu'un soit le héros ou l'héroïne.

Il rétorqua :

— Bien sûr que non. En plus, tu n'es pas prête pour une relation. Ton mari te manque encore. Sur ce, il la poussa vers Sienna. Peux-tu l'aider à se changer et à se remettre au lit ? Il faut qu'on parle à ces types et aux flics quand ils arriveront.

Sienna acquiesça, entoura Bailey d'un bras et lança :

— Viens, puissante guerrière ! Allons te mettre au lit !

DAKOTA REPENSA À ce qu'avait dit Bailey. Était-elle vraiment prête pour une relation ? Il ne savait pas exactement ce que signifiait son commentaire. Il l'avait vue assise sur son lit tenant la boîte de souvenirs, pleurant son époux décédé. Dakota ne voulait pas d'une relation partielle, il la désirait complètement. Et pour cela, il devait attendre. Cela ne lui posait pas de problème. Il aurait juste préféré savoir combien de temps…

Les jours passèrent, Dakota hésitait encore à passer à l'action.

Entre-temps, l'état de l'inspecteur Mannford s'était amélioré. Jim fut retrouvé mort dans son appartement. La balistique confirma que la balle correspondait à l'arme que le maire avait utilisée dans le manoir. Il n'entretenait visiblement pas de bonnes relations professionnelles.

Bailey prit la nouvelle avec calme. Dakota s'attendait à ce qu'elle fasse ses valises et parte, alors qu'il cherchait des excuses pour la garder ici. Il avait même demandé à Ice s'ils cherchaient à embaucher de l'aide pour Alfred.

Au lieu de lui donner une réponse, elle le regarda, amusée et partit.

Était-ce oui ou non ?

# Chapitre 18

AU COURS DES deux jours suivants, Bailey vit sa relation avec Dakota évoluer. D'ami, il devint ami particulier, puis leur lien se stabilisa.

Le domaine revenait lentement à la normale. Sauf pour elle. En effet, elle s'était refait mal au dos. Ice la soignait de nouveau. Ice et Dakota avaient mis leur veto lorsque Bailey avait envisagé de déménager, car elle n'avait pas d'appartement où aller.

— Au minimum, reste ici encore quelques jours pour qu'on puisse s'assurer que tu vas mieux. Une fois que tes points de suture seront enlevés, que ta plaie sera refermée, nous pourrons en discuter, lui dit Ice en la grondant.

— Si ça ne te dérange pas que je reste dans les parages.

— Non, tu n'es pas une charge. Tu as aidé Alfred tous les jours.

— Et c'est un vrai plaisir. Mais je dois retourner travailler.

Ice acquiesça.

— L'aller-retour est faisable entre là-bas et ici, non ?

— Si, mais c'est bizarre… Ce n'est pas chez moi.

Ice s'installa et tapota la jambe de Bailey.

— C'est bon, tu peux t'asseoir.

Bailey se redressa lentement. Elle était dans la clinique avec Ice. Son pansement avait dû être changé encore une fois. Elle baissa sa chemise. Ice lui demanda :

— Es-tu satisfaite de ton job ?

Étonnée, Bailey la considéra.

— Ça peut aller. Ce n'est pas ce que je préfère, mais il paie le loyer.

— Es-tu heureuse de travailler avec Alfred ?

Le visage de Bailey s'illumina.

— J'adore… Son sourire s'éteignit tout aussi rapidement. Mais être ici en tant qu'invitée ou en tant qu'employée… Ce n'est pas la même chose.

Ice pencha la tête.

— Je ne comprends pas pourquoi ce serait différent.

— Parce que, par exemple, je ne mangerais pas avec toi à table… Je ne sais pas. Ce serait juste différent.

— Bien sûr que tu mangerais avec nous, comme le fait Alfred. Tu serais l'une des nôtres à tous points de vue. Tu devrais t'entraîner pour les situations d'urgence. Tu aurais des tâches spécifiques à accomplir en cas de failles de sécurité, comme tout le monde. Chacun a un poste dont il est responsable. Lorsque tu vis ici, peu importe que tu travailles dans la cuisine, que tu pilotes des hélicoptères ou que tu t'entraînes au maniement des armes. Tu fais toujours partie de l'entreprise.

Bailey la regarda, stupéfaite.

— Vraiment ?

— Oui. Cela dit, je ne veux pas te mettre mal à l'aise vis-à-vis de Dakota.

Bailey grimaça.

— Dakota pense que je ne suis pas prête pour une relation. Il pense que je suis toujours en train de pleurer Rick.

— Est-ce le cas ?

Bailey observa Ice.

— C'est un de tes traits de caractère. Tu es très directe.

— Cela simplifie les choses, déclara Ice d'un ton assuré. N'esquive pas la question. Est-ce que tu pleures encore ton mari ?

Bailey secoua la tête.

— Non, je ne crois pas. J'ai vraiment envie d'aller de l'avant. J'aimerais écrire une nouvelle histoire avec Dakota, mais il me considère juste comme une amie. Elle termina cette déclaration dans un rire. Peut-être qu'il s'en fiche.

— Peut-être que tu as besoin d'en avoir le cœur net, répliqua Ice.

— Peut-être. Je ne suis pas vraiment comme ça…

Ice ramassa l'emballage vide et entreprit de nettoyer.

— Tu n'étais pas vraiment comme ça. Maintenant, dans cette nouvelle vie, tu es quelqu'un de très différent. À toi de décider quelle partie de ta personnalité tu vas conserver. Ice se dirigea vers la sortie et lui sourit. Penses-y !

— Penser à quoi ? À travailler avec Alfred ou à Dakota ?

— Aux deux.

Le lendemain, c'était lundi. Elle reprenait le travail. Sa voiture étant encore dans le parking souterrain de son immeuble, Dakota lui avait proposé de la conduire.

Ils arrivèrent auprès de sa voiture tôt. Bailey sortit. Dakota vérifia que tout était en ordre, puis ils se séparèrent rapidement. Elle prit sa voiture et se rendit à son travail.

C'était mieux d'être motorisée. Cela lui redonnait un peu d'indépendance. Lorsqu'elle vivait dans son appartement, elle préférait se déplacer à pied. Maintenant qu'elle résidait si loin de la ville, c'était agréable de conduire. Même si cela lui faisait bizarre de reposer son dos sur le siège. Il faudrait encore patienter quatre ou cinq jours avant que ses points de suture ne soient enlevés. En attendant, les fils et les bandages l'irriteraient. Mais comme la situation pourrait être bien pire, Bailey pensait ne pas avoir le droit de se plaindre.

Elle réintégra son lieu de travail et se dirigea vers son bureau. C'était l'une des particularités de ce poste. Il était très solitaire. Elle avait son propre bureau, les gens passaient rarement la voir. Elle recevait des courriels, des factures, des demandes, des reçus… et passait une grande partie de sa journée au téléphone. Elle s'assit et prit conscience du changement qui s'opérait dans son quotidien.

Bien sûr, après une semaine d'absence, elle avait beaucoup de travail en retard. Elle se mit donc à l'ouvrage lentement pour le rattraper. À midi, elle n'avait toujours vu personne.

Elle saisit le téléphone et appela les ressources humaines pour les informer de son retour. Ils la notèrent présente dans son dossier, mais n'exprimèrent rien d'autre. L'entreprise employait plusieurs centaines de personnes. Ici, elle était un simple numéro. Elle était juste quelqu'un qui remplissait une fonction, qui accomplissait certaines tâches et travaillait. Elle se demanda si son absence avait été remarquée.

À la fin de la journée, elle était fatiguée et nerveuse. La charge de travail était colossale. Non seulement personne ne l'avait remplacée, mais les clients étaient en colère parce que Bailey n'avait pas répondu à leurs courriels. L'entreprise n'avait même pas mis en place une réponse d'absence automatique sur sa boite de courrier électronique. Aucun mot n'avait été affiché sur sa porte pour informer ses collègues de son arrêt.

Elle dut affronter plusieurs personnes irritées lorsqu'elles réalisèrent que Bailey n'avait pas répondu à leurs questions ou n'avait pas commandé ce qu'elles avaient supposé qu'elle avait commandé, simplement parce qu'elles avaient envoyé un courriel.

Lorsqu'elle finit sa journée, elle était fatiguée, frustrée et se demandait pourquoi elle avait choisi un travail qui l'isolait autant. C'était incroyable à quel point les gens pouvaient être en colère, même dans un message. Elle en avait reçu plusieurs aujourd'hui.

Elle monta dans sa voiture et conduisit lentement jusqu'à la propriété. Le trajet durait environ cinquante minutes. Cela irait un peu plus vite lorsqu'elle connaitrait mieux les itinéraires et serait plus à l'aise sur la route. Quand elle songeait à sa fatigue, cela s'ajoutait à sa journée déjà longue.

Elle se gara à l'extérieur et entra. Lorsqu'elle consulta sa montre, elle constata qu'il était 16h45. Alfred avait donc travaillé seul toute la journée. Elle se dépêcha d'entrer pour voir où il en était. Elle le trouva en train d'écraser des pommes de terre. Elle posa rapidement son sac à main et ses clés sur un comptoir et s'installa à sa place.

— Tu ne feras pas tout cela tout seul.

Il la regarda, surpris, puis avec un sourire satisfait, lui dit :

— Je pensais que tu serais trop fatiguée.

— Je suis fatiguée, mais ça, ce n'est pas du travail.

Elle termina rapidement la purée de pommes de terre, mit le couvercle dessus et se retourna pour voir ce qui allait suivre. Alfred était un peu en retard, mais Bailey l'aida et le retard fut rapidement rattrapé.

Lorsque le four sonna et qu'il en sortit plusieurs plats garnis de poulets rôtis, Bailey réalisa à quel point il était agréable de rentrer et de ne pas être seule, mais aussi de manger à nouveau des repas convenables. Elle s'était terriblement laissée aller au cours des dix-huit derniers mois.

C'était une telle joie d'être ici et de déguster de vrais repas avec une foule de gens merveilleux !

Alfred annonça l'heure du dîner, tandis qu'elle dressait la table dans la salle à manger. Le temps que tout le monde arrive et mette la main à la pâte, Alfred sortait déjà les chariots de nourriture.

Une fois le dîner servi, Ice demanda :

— Bailey, comment s'est passée ta reprise ?

— Surchargée, sous-payée et solitaire.

Un silence s'installa et tout le monde la regarda. Elle fit un sourire penaud.

— J'ai dit que je travaillais seule. J'ai un bureau où personne ne passe. Personne ne s'est rendu compte que j'étais absente. J'ai reçu plusieurs courriels et appels téléphoniques de mécontents. Les gens qui avaient envoyé des commandes par courriel sans recevoir de confirmation de ma part ont simplement supposé que je m'étais occupée de tout. J'ai été absente toute la semaine et personne ne l'a su.

Le silence s'épaissit. Rhodes déclara :

— Ce n'est pas bon, ça.

— Eh bien, ça m'a convenu longtemps. Mais c'était un peu étrange aujourd'hui.

— Et ce soir, tu serais rentrée chez toi dans un appartement vide, n'est-ce pas ? demanda Sienna.

Bailey acquiesça.

— J'ai ouvert les yeux. J'ai constaté à quel point je m'étais isolée du reste du monde. Un travail où je ne voyais jamais personne, un endroit où je vivais seule sans connaître le moindre voisin. Elle les contempla autour de la table et sourit : j'en sais déjà plus sur chacun d'entre vous que sur n'importe qui au travail ou dans mon immeuble et je ne vous connais que depuis une semaine !

Elle surprit Ice et Levi en train d'échanger un regard. Elle ne comprenait pas ce qui se passait. Elle décida de les ignorer. Elle termina rapidement son repas.

— Je dois admettre que la journée a été assez épuisante.

— Il est temps d'aller te reposer, dit Ice fermement. Nous pouvons nous occuper de la vaisselle.

Trop fatiguée pour discuter, Bailey se leva lentement, alla récupérer son sac à main et ses clés dans la cuisine, traversa de nouveau la salle à manger et se dirigea vers l'ascenseur. Lorsque les portes s'ouvrirent, elle entra et appuya pour rejoindre le deuxième étage.

Au moment où la porte allait se refermer, Dakota arriva. Elle le dévisagea et lui sourit. Il lui ouvrit les bras et elle s'y engouffra. Il voulait peut-être juste être son ami, mais elle était sacrément contente de l'avoir dans sa vie, à quelque titre que ce soit. Il la serra contre lui.

Il l'accompagna jusqu'à sa chambre.

— Tu n'es pas obligée de te cacher dans ta chambre, juste parce que tu es fatiguée, tu sais. Il y a un espace télévision, un salon et encore d'autres salles.

— Oui, mais j'ai toujours l'impression d'être une invitée, alors…

— Tu es invitée, mais tu n'es pas une invitée. Tu joues un rôle unique ici, dit-il avec un grand sourire.

— J'ai oublié de demander lors du dîner. Des nouvelles ? Elle entra dans sa chambre, jeta son sac à main et ses clés sur son lit et s'assit sur le bord. Elle se déplaça vers la tête de lit et essaya de se mettre à l'aise contre les oreillers en attendant qu'il réponde.

— Les deux hommes parlent à la police. Le maire a été gravement blessé. Ils seront inculpés et nous sommes certains que le maire ne sera plus jamais maire.

Bailey approuva.

— Beaucoup de morts. Mais d'une certaine manière, beaucoup de vie aussi, ici. J'ai vraiment des amis, ici, ajouta-t-elle en contemplant Dakota.

Il lui adressa ce sourire si spécial qui l'avait surprise la première fois qu'elle l'avait vu parce qu'il avait fait battre son cœur. Elle n'avait pas ressenti ça depuis si longtemps. Elle étira ses jambes et lui dit :

— Nous sommes amis, n'est-ce pas ?

— Oui, bien sûr.

— Il n'y a pas de *bien sûr*, dit-elle. J'essaie de comprendre quelle est notre relation.

— Amis, bredouilla-t-il. Qu'est-ce que tu croyais qu'on était ?

Se souvenant des paroles de sagesse d'Ice, elle prit une profonde inspiration.

— J'espérais que nous serions plus que des amis.

Il s'assit sur le lit à côté d'elle et lui tapota la jambe. Elle savait qu'il n'avait pas l'intention de la rabaisser, c'était une tape amicale. Elle voulait tellement plus.

— Nous ne sommes vraiment que des amis, n'est-ce pas ? soupira-t-elle.

— Non, dit-il, confus. Je ne sais pas.

Elle lui fit face et lui sourit.

— Je vais te dire. Embrasse-moi vraiment et nous le saurons.

Il se cabra et demanda prudemment :

— T'embrasser ? Il fronça les sourcils, évaluant le brusque changement de comportement de la jeune femme. Je sais que tu ne t'es pas encore remise de la mort de ton époux. Je ne voulais pas être indélicat, avoua-t-il honnêtement.

— Cela fait longtemps que j'ai oublié Rick.

Il l'observa.

— Si tu en es sûre…

Bailey vit bien que Dakota ne la croyait pas vraiment.

— Tu ne m'as toujours pas embrassée.

Il rit, l'enveloppa doucement dans ses bras et l'embrassa. Ce n'était pas passionné, mais c'était plus que simplement amical. Quand il releva la tête, il lui dit :

— Bonne nuit ! Il se leva et sortit.

Elle fixa la porte qui se refermait et grogna.

— Eh bien, c'était un échec !

Elle y pensa tout le reste de la soirée. Le lendemain matin, elle se leva et ne vit Dakota qu'au moment de son départ pour le travail. Il se tenait devant sa voiture et l'attendait.

— Je peux conduire seule maintenant, dit-elle en montrant son véhicule.

Il acquiesça, lui releva le menton et lui donna un autre baiser. C'était la même chose que la veille… aucune passion, juste une certaine tendresse. Peut-être avait-il peur. Cette pensée la surprit mais la ravit également ; elle lui dit au revoir en souriant et se rendit au travail.

Elle conserva cette routine les jours suivants.

Elle ne savait pas quoi faire ni comment lui faire comprendre qu'elle était prête pour plus.

Le vendredi soir, plusieurs membres de la bande revinrent et elle se retrouva entourée d'inconnus. Il y eut beaucoup de longs regards échangés entre les partenaires. Certains partirent pour le week-end, d'autres restèrent un peu, puis disparurent. Dakota lui demanda si elle voulait regarder un film. Elle réfléchit et acquiesça.

— Bien sûr.

Ils étaient environ huit à regarder un film dans le grand salon. Une fois le film terminé, Bailey regagna sa chambre.

Les choses ne lui étaient toujours pas familières ici.

Ice avait promis à Bailey qu'elle pourrait rester jusqu'à ce qu'elle se rende à son rendez-vous chez le médecin. Le problème, c'est qu'elle n'avait aucune idée de l'endroit où elle irait vivre après. Elle devait trouver un nouvel appartement et elle n'avait, encore, rien fait pour.

Parce qu'elle ne le voulait pas. Elle souhaitait rester au manoir. Ice n'avait plus évoqué le fait qu'elle puisse travailler avec Alfred. Bailey ignorait si Ice avait juste tâté le terrain ou s'il s'agissait d'une simple plaisanterie.

Bailey laissa la porte de sa chambre ouverte et s'installa sur son lit avec sa tablette. Elle était nerveuse. Elle voulait tellement plus de Dakota qu'il n'était prêt à lui donner. Bien plus que ce qu'il la pensait prête à donner.

La communication était la clé de tout. Si elle n'avait pas cherché de logement, c'était parce qu'elle désirait vivre là et si elle voulait rester, c'était à cause de Dakota. Demain, samedi, Bailey savait qu'on lui retirerait ses points de suture, le cabinet médical étant ouvert. Elle avait conscience qu'elle n'avait plus ni d'excuses ni de raisons pour ne pas déménager. Il était temps pour elle et Dakota de parler.

Elle se leva et alla frapper à sa porte. À son invitation, elle entra.

Il était installé devant son ordinateur portable, derrière un petit bureau. Il lui fit face.

Amicalement, sans prétention et sans insistance. Elle s'approcha et se plaça tout contre lui, saisit les deux côtés de son visage entre ses mains, se pencha et l'embrassa avec toute la passion accumulée en elle. Elle cherchait une réponse, ayant besoin de savoir s'il y avait réellement quelque chose entre eux. Elle n'avait jamais eu affaire à quelqu'un possédant une telle maîtrise de soi. Si c'était juste ça, alors c'était idéal, car elle la ferait exploser de façon spectaculaire. Mais s'il n'y avait rien entre eux, ce serait une tout autre histoire. Lorsqu'elle reprit son souffle, il la fixa, le regard perçant.

Tout ce qu'il murmura fut : « Encore. »

Elle gloussa, baissa la tête et l'embrassa de nouveau. Elle fit glisser ses mains sur son cuir chevelu, le massant doucement, tout en explorant délicatement sa bouche, sa langue s'emmêlant à la sienne… Il ne l'enlaça pas, ne la retint pas d'aucune manière. Lorsqu'elle releva la tête pour la deuxième fois et recula, il la contempla intensément. Elle pouvait voir la passion obscurcir son regard.

— Pourquoi, si c'est ce que tu ressens, chuchota-t-il, ne me l'as-tu pas fait savoir plus tôt ?

— J'ai essayé, répondit-elle sérieusement. Mais j'avais l'impression que tu me tenais toujours à distance.

Il se leva et la prit dans ses bras avec précaution.

— À cause de ton passé. À cause de ton dos. Parce que ta vie était un gâchis. Parce que tu as été attaquée…

Elle se redressa pour le fixer.

— Rien de tout cela ne te concernait.

— Rien, en dehors de la partie « sauvetage », murmura-t-il, amusé.

— Tous les héros sont censés sauver des demoiselles en détresse.

Il s'esclaffa.

— Je n'ai pas l'étoffe d'un héros !

— Si, absolument, susurra-t-elle. Ici vivent les héros. C'est incroyable, le nombre d'hommes respectables qui habitent sur ce domaine !

— Un homme en particulier ? demanda-t-il avec un regard taquin.

— Juste un, rit-elle.

— Lequel ? demanda-t-il, les yeux pétillaient.

— Oh, non, tu n'as pas besoin de ça, rétorqua-t-elle. Elle démêla lentement ses bras et recula.

Il tendit la main pour l'attraper doucement.

— Tu as encore tes points de suture.

— Tu es en train de me dire que tu ne peux pas trouver un moyen de faire avec ? Elle secoua la tête, moqueuse. Et moi qui pensais que vous étiez les meilleurs parmi les meilleurs !

Elle n'avait pas atteint la porte, qu'il était déjà sur elle, l'enlaçant, la plaquant contre lui. De son érection contre son bassin à ses seins plaqués contre son torse, il la tenait serrée.

— J'attendais de m'assurer que tu sois complètement guérie.

— D'accord. J'ai guéri de tant de façons que si mon dos a besoin d'un jour ou deux de plus pour se remettre d'aplomb, ce n'est pas très grave.

Il baissa la tête et lui chuchota :

— Tu en es sûre ?

Elle murmura :

— Oui.

Elle ne pensait pas devoir l'attirer jusqu'à un lit. Une fois réglé le fait que son deuil n'était plus un problème, il fut là.

En quelques instants, elle ne porta plus que son pansement. Elle baissa les yeux, surprise.

— Comment as-tu fait ça ? !

Son rire était grave et profond tandis qu'il se dépêtrait rapidement de ses vêtements.

— N'oublie pas que je suis le meilleur parmi les meilleurs ! Il arqua les sourcils vers elle.

Elle sourit, se dirigea vers le lit et en rabattit la couette. Quand il s'approcha d'elle, elle lui lança :

— Prouve-le !

En riant, il l'entraîna avec lui. S'ensuivit l'une des heures les plus douces de sa vie. Le simple plaisir de savoir qu'ils pouvaient être ensemble, passer du temps ensemble comme ça, explorer leurs corps respectifs, se caresser, s'enlacer, se câliner, c'était extraordinaire.

Elle se retrouva gourmande… Elle ne pouvait s'empêcher de toucher, de goûter. Elle n'avait jamais pensé qu'elle désirerait, de nouveau, un autre homme comme Rick. Elle n'avait jamais pensé ressentir les sensations lui traversant le cœur et l'âme. Pendant longtemps, elle avait craint que sa vie ne soit finie. Qu'il n'y ait pas de guérison. Qu'il n'y ait pas d'avenir. Bien sûr, elle avait fini par comprendre qu'il y aurait un avenir pour elle, mais l'apparence de cet avenir avait toujours été sombre, lugubre.

Aujourd'hui, la vie s'offrait pleine d'espoir. De joie.

Ses larmes coulaient, mais au lieu de les essuyer, elle les embrassa, les laissa. Ce n'était plus des larmes de douleur, mais de lâcher-prise. D'adieu. De bonheur d'être là où elle était. À ce stade de son avenir.

— Tu vas bien ? susurra Dakota au-dessus d'elle, laissant l'air caresser leurs peaux brûlantes.

Instinctivement, elle s'accrocha autour de son cou pour le serrer contre elle.

— Plus que bien !

Il la regarda, l'inquiétude se cachant au fond de ses yeux. Elle lui sourit.

— Des larmes de joie. Je n'aurais jamais pensé ressentir cela. Tu es si spécial.

Un feu intense s'empara de lui. Il baissa la tête, sa passion trouvant en elle une flamme équivalente. En quelques secondes, ils furent emportés.

Elle changea de position et s'éleva au-dessus de lui pour le laisser pénétrer en elle, doucement, complètement. Assise, elle s'arrêta, haletante, tandis que des frissons de perfection lui parcouraient l'échine. Elle pencha la tête et cambra le dos. Elle s'arrêta, haletante.

— Tu vas bien ? demanda-t-il, d'une voix profonde, gutturale.

Elle acquiesça, les yeux fermés, le visage tourné vers le plafond.

— Ça fait tellement longtemps !

Ses mains glissèrent le long de ses hanches et il la maintint fermement en murmurant :

— Bien…

Elle prit appui sur ses épaules, accéléra le rythme, les emmenant tous les deux vers le plaisir suprême.

Lorsqu'elle s'effondra, il l'enlaça.

— Si tu as mal demain, le médecin sera contrarié, la prévint-il.

— Je lui dirai exactement ce qui a causé les dégâts. Je suis sûre qu'il comprendra, dit-elle doucement.

Il se figea un long moment, puis gloussa.

— Oui, je suppose que oui.

LORSQUE DAKOTA ACCOMPAGNA Bailey au cabinet médical le lendemain matin, c'était à la fois étrange et réconfortant. Ils se tinrent la main dans la salle d'attente, comme si côte à côte, ils n'étaient pas assez proches. Il ne voulait pas la lâcher.

Une fois dans la salle d'examen, Bailey assise sur la table, la chemise relevée pour laisser le médecin l'examiner, Dakota fit les cent pas dans la petite pièce.

Le médecin l'observa.

— Quel est le problème ?

— Ses points, ça va ? demanda Dakota.

Le médecin le regarda, étonné, étudia les points de suture et affirma :

— Ça a l'air d'aller. Je suis en train d'enlever le dernier.

Bailey rit.

— Il s'inquiétait du fait que nos ébats aient pu causer des dégâts !

— Je suis sûr qu'il a bien pris soin de vous. C'est bon signe qu'il s'en soucie, ajouta le médecin d'un air tranquille. Il termina rapidement son travail et ajouta une pommade antibactérienne.

— Avez-vous besoin d'un nouveau pansement ?

— Non, merci.

Quand le médecin eut fini, Bailey dit à Dakota alors qu'ils sortaient :

— Tu vois ? Tu t'inquiètes trop.

Il l'attrapa et la serra contre lui.

— Pour toi, je m'inquiéterai toujours. Parce que je ne veux pas passer un jour de plus sans toi. Tu es la meilleure chose qui me soit arrivée.

Elle se figea, leva les yeux vers lui et lui offrit un si merveilleux sourire qu'il sentit son cœur fondre. Il n'avait pas réalisé à quel point il avait souffert de ne pas avoir quelqu'un comme elle dans sa vie. Non, pas comme elle. Il n'y avait personne comme elle. « Elle est tellement spéciale. »

— Pas du tout, dit-elle riant à moitié, ce qui lui fit comprendre qu'il avait fait ce dernier commentaire à haute voix.

Il se pencha et embrassa le bout de son nez.

— Si. Tellement spéciale.

Elle passa son bras dans le sien.

— Montre-moi !

— Quand nous serons rentrés, lui répliqua-t-il. Je serai heureux de te prouver à quel point tu es parfaite. Nous en aurons… tout le temps.

Elle leva les yeux, soudainement sérieuse.

— Promis ?

Il baissa la tête et murmura contre ses lèvres :

— Je te le promets.

# Épilogue

MICHAEL SECOUA LA tête à l'écoute du persuasif discours de Levi.

— Non, je ne suis pas prêt, répondit-il à voix basse. Honnêtement, Levi, je ne le serai peut-être jamais.

— Prends ton temps ! C'est une étape nécessaire pour chacun d'entre nous. Il n'y a pas de bonne ou de mauvaise façon de faire. Prends le temps qu'il te faut et quand tu seras prêt, appelle-moi ! J'aurai un travail pour toi.

Michael raccrocha et glissa son téléphone dans sa poche. Il savait que les intentions de Levi étaient bonnes. C'était un sacré capitaine. Il ne laissait jamais personne derrière lui. Techniquement, Michael n'était pas l'un de ses hommes, mais ils étaient du même côté. Certes, ils étaient rattachés à des unités SEAL différentes, mais ils avaient réalisé des missions communes. Pour Michael et Levi, c'était suffisant. Ils appartenaient à une confrérie spéciale. Aucun d'eux ne l'oublierait jamais.

Cela dit, Michael n'était pas sûr de vouloir repartir dans le même domaine d'activité que celui qui avait été le sien dans l'armée. Il en était sorti. Dorénavant, il souhaitait rester à l'écart de cet univers.

Il entendait les arguments de Levi sur le bien qu'ils pouvaient faire, sur le fait que Michael possédait les compétences dont ils avaient besoin. Il comprenait tout cela, mais ça le rendait malade. Il ne supportait plus la façon dont les gens pouvaient se blesser les uns les autres. Cette noirceur mondiale… C'était si moche… Il en avait fait partie pendant si longtemps… jusqu'à n'en plus pouvoir. Il s'en était allé.

Il faudrait un événement majeur pour qu'il réintègre ce jeu et s'il franchissait ce pas là, il craignait de ne plus jamais pouvoir s'en sortir. Il ne voulait pas s'enfoncer dans les ténèbres jusqu'à la fin de sa vie.

À un moment donné, il avait espéré fonder une famille. Avoir une vie normale. Peu importe ce que cela signifiait.

Pendant longtemps, il avait considéré que cette vie était réservée aux hommes qui n'étaient pas, quotidiennement, confrontés à la violence.

Lorsqu'il était redevenu un civil, il lui avait fallu des mois pour que ce vieux rêve refasse surface. Il détestait l'idée de le laisser s'évanouir à nouveau.

Malgré tout, il n'avait aucun doute. Si un cas de force majeure l'appelait, il répondrait volontiers. Il mettrait, de nouveau, ce rêve de côté et interviendrait.

Il ne pouvait pas faire moins.

En attendant, il resterait sur place et s'efforcerait de retrouver une vie normale.

C'est la fin du tome 9 de *Héros à louer : La Joie de Dakota*. Découvrez la suite avec *La Grâce de Michael: Héros à louer*, tome 10

# Héros à louer : La Grâce de Michael (tome 10)

Quand les choses tournent mal dans le monde de Michael, cela prend des proportions vraiment terribles.

Cela fait un an que Michael Hampton, un SEAL aguerri, a mis un terme à sa carrière. Il pensait ne jamais rempiler, mais son ancien commandant l'a appelé pour le prévenir qu'un vieil ami avait été assassiné alors qu'il était sous couverture, et qu'il avait besoin de son aide.

Tout en ayant conscience qu'il pourrait être la prochaine victime, Michael prend la place de son ami dans la maison de l'homme qui finance une cellule terroriste. Sa mission officielle est de découvrir tout ce qu'il peut pour démanteler son opération. Sa mission personnelle est d'identifier le meurtrier de son ami.

Mercy a décroché le poste d'agent d'entretien que sa sœur occupait auparavant – juste avant d'être assassinée. La police étant à court de pistes et de suspects, elle décide qu'il lui incombe de lever le voile sur ce qui s'est passé. À l'intérieur de l'immense maison, elle rencontre Michael et devient immédiatement méfiante… et attirée.

Lorsque leurs chemins se croisent, elle se rend compte qu'il n'est pas non plus celui qu'il prétend être.

Arriveront-ils chacun à découvrir la vérité sur leurs objectifs et sur eux-mêmes ? Ou l'homme qui finance le terrorisme démasquera-t-il les traîtres dans son entourage et s'en occupera-t-il avant qu'ils ne s'occupent de lui ?

Chaque histoire de cette série écrite par plusieurs auteurs est un roman indépendant, et la saga peut être lue dans n'importe quel ordre.

Le tome 10 est disponible dès aujourd'hui !
Pour en savoir plus, visitez le site web de Dale Mayer.
https://geni.us/FRDMSMichael

# Note de l'auteure

Merci d'avoir lu *La Joie de Dakota, Héros à louer, tome 9* ! Si vous avez apprécié le livre, merci de prendre un moment pour laisser votre avis.

Chers lecteurs,

J'aime avoir de vos nouvelles, alors n'hésitez pas à me contacter sur mon site web : www.dalemayer.com ou sur ma page d'auteure Facebook. Pour être informés des nouvelles parutions et des offres spéciales, inscrivez-vous à ma newsletter ou suivez-moi sur BookBub. Si vous souhaitez rejoindre mon groupe de lecteurs, voici la page d'inscription sur Facebook.
http://geni.us/DaleMayerFBGroup

À bientôt,
Dale Mayer

# À propos de l'auteure

Dale Mayer est une auteure de best-sellers au classement de *USA Today*, connue pour ses romances militaires sur les forces spéciales, sa série *Psychic Visions* et sa série *Jolis Jardins Maudits*, dans le genre cozy mystery. Ses romances contemporaines sont vibrantes d'émotion et de passion (série *Broken But... Mending, Hathaway House*). Ses thrillers vous laisseront à bout de souffle (séries *By Death* et *Kate Morgan*) et ses comédies romantiques vous feront rire aux éclats (*It's a Dog's Life*, une novella hors-série, et la série *Broken Protocols* avec Charming Marvin, le chat).

Elle laisse libre cours aux séries qui lui viennent... dont certaines sont carrément folles, enfreignant toutes les règles et croisant différents genres !

En plus de ses romans de fiction, elle écrit également des textes documentaires dans de nombreux domaines, dont la rédaction de CV, le jardinage de loisir et le système de crédit immobilier américain. Elle a récemment publié la série professionnelle *Career Essentials*. Tous ses livres sont disponibles aux formats papier et ebook.

## Contactez Dale Mayer en ligne

*Site web de Dale – www.dalemayer.com*
*Twitter – @DaleMayer*
*Facebook Page – geni.us/DaleMayerFBFanPage*
*Facebook Group – geni.us/DaleMayerFBGroup*
*BookBub – geni.us/DaleMayerBookbub*
*Instagram – geni.us/DaleMayerInstagram*
*Goodreads – geni.us/DaleMayerGoodreads*
*Newsletter – geni.us/DaleNews*

www.ingramcontent.com/pod-product-compliance
Lightning Source LLC
Chambersburg PA
CBHW070627170726
48291CB00003B/915